セシリア
200年後の世界で
出会った少女。
イサム
かつて勇者パーティーに
属していた剣聖。

エリュ
ホークヴァン魔導学校・
魔技師科の教授を務める。
ヴァリス
ベルモット家の当主。
エリュと同じ学科の准教授。

CONTENTS

Mirai ni tobasareta Kensei,
Nakama no shison wo
mamorutame Musou suru

未来に飛ばされた剣聖、仲間の子孫を守るため無双する1

虹元喜多朗

BRAVENOVEL
ブレイブ文庫

プロローグ

勇者パーティー《おれたち》の旅は終わりを迎えようとしていた――勇者の消失によって。

「ぐ……っ!?」

軽　鎧《ライトアーマー》とマントを身につけた、青髪碧眼《へきがん》の青年――『勇者』ロラン＝デュラムの体に、血へドのように赤黒い鎖が絡みつく。

赤黒い鎖に拘束され、ロランは凜々《りり》しい顔立ちを歪めた。

「これは……なんだ!?」

「『時縛大呪《クロノ・ヴァニッシュ》』。儂《わし》のとっておきよ」

狼狽《ろうばい》するロランの様子に、トドメを刺される直前だった『時の魔将《ましょう》』ラゴラボスが、ニヤリと醜悪《しゅうあく》に頬をつり上げた。

「儂の命と引き替えに、相手を時の彼方《かなた》へと飛ばす特殊能力。勇者よ、汝《なんじ》は終わりじゃ」

俺たちは絶句する。

『時縛大呪』を使った影響か、満身創痍《まんしんそうい》のラゴラボスの体が、ザラザラと崩れ落ちていく。

「ただではやられんよ。貴様も道連れじゃ」

気味の悪い笑い声を上げながら、ラゴラボスは息絶えた。

これで魔王直属の大魔族『十二魔将《じゅうにましょう》』をすべて倒せた。魔王討伐はもう目前。

なのに。

それなのに。

世界の希望が失われようとしている。

「こんなところで終わらせてたまるか！」

白い全身鎧《プレートアーマー》と巨大な盾を装備した、銀髪赤眼の大男――『白騎士』アレックス＝アドナイが、いかつい顔つきに焦《あせ》りを滲《にじ》ませながら叫んだ。

「フィーア！　リト！　解呪《かいじゅ》だ！」

「ええ！」

「言われなくてもっ！」

黒い三角帽子を被った、灰髪紫眼の麗人《れいじん》――『賢者』フィーア＝ホークヴァンと、体より大きなリュックを背負う、緑髪金眼の小柄な少女――『工匠』リト＝マルクールが応じる。

リトがリュックに両手を突っ込み、宝石でできた護符《ごふ》を大量に取り出した。

「ありったけ投入だよ！」

リトが大量の護符をロランに向けて放り投げる。

放り投げられた護符はロランの前で止まり、宙に浮いたまま、純白の光を放った。

あれはリト特製の『退魔《たいま》の護符《アミュレット》』。魔法・呪いの威力・効果を軽減させるアイテムで、魔将の魔法をひとつで打ち消すほど強力なものだ。

一八もの護符が効果を発揮するなか、フィーアが知的な眼差《まなざ》しを鋭くして、樫《かし》の杖を構えた。

『我らを蝕《むしば》む悪《あ》しき呪《まじな》いを退《しりぞ》けん――ディスペル！』

ロランの周りに青白い光球が無数に浮かぶ。

解呪魔法『ディスペル』。

光球がグルグルと旋回《せんかい》しながらロランへ近づいていく。

護符と解呪魔法の相乗効果《そうじょうこうか》が『時縛大呪』の鎖を打ち消さんとして――

バチィッ!!

鎖から放たれた赤黒い稲妻によって弾き飛ばされた。

「そんな……っ!?」

「なんですって……っ!?」

リトとフィーアが目を剥《む》く。

人類最高の技術者リトと、人類最高の魔法使いフィーア。そのふたりが解呪にあたり、それでも失敗したのだから無理もない。

このままではロランが消えてしまう。

俺たちは絶望に包まれた。

「いやです!!」

俺たちが立ち尽くすなか、涙声《なみだごえ》交じりの叫びを上げて、白と金を基調《きちょう》とした祭服《さいふく》をまとう、金髪翠眼《すいがん》の少女がロランに駆け寄った。

『聖女』マリー＝イブリールが、ロランを解放しようと鎖をつかむ。

途端《とたん》、赤黒い火花がマリーの手を弾いた。

「あぐ……っ!!」

マリーが愛くるしい顔を苦悶《くもん》に歪める。

それでもマリーはキッとまなじりを上げ、再び鎖へ手を伸ばす。

ロランが血相《けっそう》を変えた。

「やめるんだ、マリー!!」

「やめ、ません……!!」

「このままでは、きみまで巻き込まれてしまうかもしれない!!」

「それでも、やめません……!」

顔を汗まみれにして、ボロボロと大粒の涙をこぼし、ゼェゼェと息を荒らげながら、マリーが吠《ほ》える。

「ロランを連れてなんて……いかせません!!」

苦痛に耐えて鎖を握りしめ、マリーは時の魔将の大呪法《だいじゅほう》に抗《あらが》い続けた。その姿は痛ましく、しかし、どこまでも気高い。

マリーの気高さが、俺の胸を打つ。

そうだな、マリー。

マリーの気高さが、俺に覚悟を決めさせる。

俺も同感だ、マリー。

俺は腰に佩《は》いている刀を抜いた。

ロランを連れてなどいかせん。ロランは人類の光そのものなのだから。

なにより――

「お前に絶望は似合わん」

タンッ、と軽やかに地を蹴り、ロランへと駆けながら、俺は刀を上段に構えた。

「――疾《し》っ!!」

一閃《いっせん》。

全身全霊を込めた斬撃が、ロランを縛る鎖に裂傷《れっしょう》を作る。

即座に俺はロランの腕をつかんだ。

「イサム!?」

「生きろ、ロラン」

目を見開くロランに、俺はニッと歯を見せる。

鎖が両断された瞬間、俺は力任せに腕を引いた。

俺に引っ張られ、ロランが鎖の縛《いまし》めから逃れる。

ロランと俺の位置が入れ替わり――自己修復した鎖が、俺の体に絡みついた。

鎖が俺の体を締め上げる。ギリリと奥歯を噛みしめ、全力で抵抗を試《こころ》みるが、鎖はびくともしない。

魔将が己の命と引き換えに発動させた呪いだ。『剣聖』こと俺の一撃で斬り裂くことはできたが、打ち消すのはやはり不可能だったらしい。

この状態では刀も振れん。手詰まりか。

諦観《ていかん》の溜息《ためいき》をこぼし、それでも俺は安堵《あんど》の笑みを浮かべた。

これでいい。これでロランは助かる。希望は失われん。

「イサム……どうして……」

「お前がいなくては魔王の討伐などできん。それに、マリーが悲しむ」

ロランが息をのんだ。

ロランとマリーは恋仲《こいなか》だ。だからこそ、マリーは必死でロランを助けようとした。

マリーの涙を見て、引き裂かれそうになっているふたりを目にして、どうして黙っていられようか？

ロランとマリーの仲を裂く者は、魔将であろうと、魔王であろうと、たとえ神であろうとも、この俺が許さん。

「……それはあなたも同じです」

マリーがグッと唇を引き結び、俺の体を縛る鎖につかみかかった。ロランにしたのと同じように。

赤黒い火花がマリーの手を焼く。

俺はギョッとした。

「マリー!?」

「イサムがいなくなってもダメなんです！　あなたが消えたら悲しいんです！」

悲しみと切なさと憤《いきどお》りが混じった目で、マリーが俺を見上げる。

「わたしたちはずっと一緒にいた幼なじみじゃないですか!!」

ズキリと胸が痛んだ。

「そうだぞ、イサム！　僕たちは誰が欠けてもいけないんだ!!」

ロランもまた、マリーと同じように鎖をつかむ。

赤黒い火花に反発され、両手を血塗《ちまみ》れにしながら、それでもふたりは決して鎖を放そうとしなかった。

ああ……俺は恵まれているな。

絶体絶命の状況にもかかわらず、俺は喜びを覚えていた。

素晴らしい仲間に恵まれた。こんなに幸せなことはない。胸がすく思いだ。

「そう言ってくれるだけで充分だ」

ロランとマリーに微笑みかけ、俺はアレックスたちのほうに顔をやった。

「アレックス。俺がいなくなってからは、お前が皆《みな》を守ってくれ」

アレックスが痛ましげに眉根《まゆね》を寄せ、両目から涙をこぼれさせる。

寡黙《かもく》で厳格《げんかく》な男だが、こいつも泣くのだな。最期に珍しいものが見られた。

アレックスが涙を拭い、純白の盾を高々と掲げる。

「誓おう！　我が盾と誇りにかけて！」

「頼んだぞ」

続いて俺は、フィーアに目を送った。

「フィーア。ロランたちを、人々を、その聡明《そうめい》さで導《みちび》いてくれ。勇者パーティーの頭脳はきみだ」

フィーアがまぶたを伏せ、血が滲むほど杖を握りしめ、なにかを諦めるように長く嘆息《たんそく》した。

「——任せなさい」

「ちょっと待ってよ！　なに諦めてるのさ！」

アレックスとフィーアにリトが噛みつく。

「アレックスもフィーアもイサムがいなくなるって決めつけて！　イサムもイサムだよ！　遺《ゆい》言《ごん》なら、もっと年取ってから——魔王を倒して、世界を救って、目一杯生きてから残すもんでしょ!?」

リトがリュックを下ろし、ガサゴソと漁《あさ》り出す。

「待ってて！　いますぐ助けてあげるから！　あたしが、その呪いを解くアイテムを作ってあげるから！」

リトは天才だが、一〇代半《なか》ば。精神的にまだ幼い。

だから認めたくないのだろう。俺を助ける方法がないことを。

『時縛大呪』は解けないと、本当は気づいているのだ。それでも諦めまいと足掻《あが》いている。

その強がりの、なんと尊《とうと》いことか。

「いいのだ。リト」

「でも……でも……っ」

「俺はもう助からん。代わりにロランたちを助けてやってくれ。その技術は、魔王を倒すため、世界をよりよくするために使ってくれ、リト」

「う……うぅ……っ」

リトが崩れ落ち、大声で泣きはじめた。

最後に、俺はもう一度、ロランとマリーに顔を向けた。

広間にリトの泣き声が響くなか、ふたりはなおも諦めず、鎖を解こうと歯を食いしばっている。

鼻の奥がツンとした。

いかんな。俺まで泣いては皆が悲しむ。

天を仰《あお》ぎ、無理矢理涙を引っ込めてから、俺はふたりに声をかけた。

「ロラン、マリー」

ふたりが俺を見上げる。涙に濡れた瞳が俺を写す。

「幸せになってくれ」

直後、一層大きく火花が爆《は》ぜ、ロランとマリーが弾き飛ばされた。

鎖が明かりを放ちはじめる。自身と同じ、血ヘドのように赤黒い、禍々《まがまが》しい明かりを。

『時縛大呪』がいよいよ発動する。

仲間たちの姿が薄れていく。俺を呼ぶ声が遠ざかっていく。
恐怖が、悲愴《ひそう》が、惜別《せきべつ》が、俺に襲いかかる。
だが、それ以上に誇らしかった。
仲間を守って逝《い》けるのが、なによりも誇らしい。
俺は笑った。
「さらばだ！　我が友たちよ！」
光が、色が、音が、失われた。

未来と孤独と救い

気がつくと、見知らぬ場所に立っていた。広い道の上だ。

両脇に並ぶ建造物。行き交う人々。見上げれば、夕焼けに染まる空。

どうやらどこかの街らしい。

予想だにしなかった展開に、俺は呆然とした。

「時の彼方《かなた》に飛ばされるのではなかったのか？」

手にしていた刀を鞘《さや》に戻し、俺は辺りを見回す。

なんとも不思議な街だ。

建造物はどれも高く、どっしりとしている。これほどの大きさなら貴族の屋敷かと思うが、それにしては装飾がなく、造りがシンプルだ。

行き交う人々の服装も建物と同じくシンプルで、しかし洗練《せんれん》されていた。貴族のようにゴテゴテではなく、平民のようにみすぼらしくもない。

なにより気になるのが、俺が立っている、黒く硬く、凹凸《おうとつ》がまるでない地面だ。

推察《すいさつ》するに、タイルでもレンガでも石畳《いしだたみ》でもないのだろう。いずれにしても、ここまで滑《なめ》らかに仕上げることはできない。

舗装《ほそう》されているようだが、どのような材料を用いているのだろうか？

そして、もっとも知りたいのは――

「一体、ここはどこなのだ？」

「危ない!!」

茫然自失《ぼうぜんじしつ》となる俺に、道の右脇を歩いていた女性が叫んだ。

「なにボーっとしてるの！　早く避《よ》けて!!」

女性は俺の背後を指さしている。

何事《なにごと》かと思い振り返ると、猛スピードで俺に迫る謎の物体があった。

金属製と思《おぼ》しきそれは、たとえるならばトロッコだ。

蓋《ふた》のない長方形の箱に、四つの車輪を取り付けたような乗り物。乗っているのは二組の男女だ。

「なっ!?」

俺は瞠目《どうもく》した。恐怖からではない。驚きからだ。

どうやってあれほどの速度を出しているのだ!?

この道は斜面ではなく平面。あのトロッコを引いている者も、押している者もいない。しかも、乗っているのは成人済みかと思われる四人の人間。重量は相当なものだろう。

それなのに、トロッコは馬よりも速く走っている。摩訶不思議《まかふしぎ》だ。

驚愕《きょうがく》しながらも、俺は注意してくれた女性のほうに横っ飛びしてトロッコを避ける。

危なげなく回避した俺に、女性が目を丸くした。

「あ、あなた、とんでもなく身軽なのね！　けど、気をつけなさい？　道のど真ん中に突っ立つなんて、魔導車《まどうしゃ》にひかれたらどうするの？」

「すまぬ。助かった」

「まったくもう！」と腹を立てる女性に手刀《てがたな》で礼をしながら、俺は新たな疑問を得る。

会話が成立している？

ここが時の彼方なら、途方《とほう》もない時間が経過しているだろう。言語が変化していてもおかしくない。

それなのに、彼女と俺の会話は成立している。

わからないことだらけだ。ひとりで考えても答えが出そうにない。

「うーむ」と腕組みして、俺は女性に訊《き》いた。

「尋ねたいのだが、ここはどこだろうか？」

女性が訝《いぶか》しげに眉をひそめる。

「決まってるじゃない。『ラミア』よ」

「ラミアだと!?」

脳天に雷が落ちた思いだった。

異常な反応に映ったのだろう。俺の驚き様《よう》に、「え、ええ」と女性が怖《お》じ気《け》づく。

彼女を気遣《きづか》う余裕はなかった。とてつもない衝撃を俺は受けていたのだから。

ラミア……俺とマリーが育った街……!!

ラミアは『ミロス王国』の街。俺とマリーの故郷であり、ロランと出会った場所であり、勇者パーティー結成の地でもある。

まだラミアが存在している？　だとしたら――

「いまはいつかわかるか!?」

「も、もちろんよ」

血相を変える俺に後退《あとずさ》りつつ、女性が答える。

「ハディル歴《れき》一八一〇年の、魚《うお》の月よ」

俺は言葉を失った。

同時に悟る。なぜ言語が変化していなかったのか。なぜラミアが残っていたのかを。

ここは時の彼方ではない！　二〇〇年後の世界だ！

勇者《おれ》パーティー《たち》がラゴラボスに挑んだのが、ハディル歴一六一〇年の早春《そうしゅん》。ちょうど二〇〇年前。

おそらく無理矢理ロランを救い出したためだろう。『時縛大呪』が乱れ、『時の彼方に飛ばす』効果が『二〇〇年後の世界に飛ばす』効果に変わったのだ。

「じゃ、じゃあ、わたしはこれで」

信じがたい事実にわななく俺を不気味がるように、女性が去っていく。

しばらく立ち尽くし、俺はハッとした。

「魔王は討てたのか？」

人間が普通に生活しているため、魔王が討伐された可能性は高い。

しかし万に一つがある。街並みや人々の服装が変わったのが、魔王の仕業《しわざ》であるとも考えられる。

手がかりを探すため歩き出そうとしたとき、俺の目にそれが映った。

「……おお」

目を見開き、俺は駆け出す。

人混みをすり抜け、猿《ましら》の如《ごと》き身のこなしに唖然《あぜん》とする人々を無視して、俺は一心不乱にそれを目指す。

「おお……おお……!!」

それが立っていたのは円形の広場。立派《りっぱ》な噴水の手前だった。

俺はそれの前にたどり着く。

それは――いや、あいつは。

両刃の長剣を空に掲げ、威風堂々《いふうどうどう》と立っていた。

夕日を背に浴びる、軽鎧《ライトアーマー》とマントを身につけた、凜々《りり》しい顔立ちの青年――ロランの銅像。

銅像の台座に取り付けられたプレートを、俺は食い入るように見つめる。

『ハディル歴一六一〇年　牡牛《おうし》の月　勇者ロラン＝デュラム、魔王を討つ』

「……やったのか」

視界が滲《にじ》む。

「やってくれたのか……！」

涙が溢れる。

「ついにやったのか、友たちよ‼」

両の拳を天に突き上げ、俺は喜びを爆発させた。

周りの人々が怪訝そうにしていたが、ひとつも気にならなかった。

当然だ。人類の悲願を、俺の友たちが果たしてくれたのだから。


二〇〇年経ったラミアは非常に興味深く、俺は街を散策《さんさく》することにした。

最初に訪れた場所の建造物は大きなものばかりだったが、少し歩みを進めると、二階建て、三階建ての建物も見つかった。

おそらく、最初に訪れた場所は目抜《めぬ》き通りだったのだろう。二〇〇年前も、栄《さか》えた場所には規模の大きい施設が集まっていたからな。

「それにしても、あのトロッコはなんなのだろう？」

黒い道を走るトロッコに目をやりながら、俺は立ち止まって首を傾《かし》げる。

二〇〇年前は乗り物といえば馬車だった。それがいまは、謎のトロッコがビュンビュンと行き交っている。速度も台数も二〇〇年前とは比べものにならない。

「うむむ……」と唸《うな》り、やがて俺は笑みをこぼした。

「考えても詮無《せんな》いことか」

仕組みはわからないが、交通の便がよくなったのはたしかだ。喜びこそすれ、嘆《なげ》くことはない。

これは進歩だ。発展の証《あかし》だ。

再び歩き出し、俺は感慨《かんがい》にふける。

「ロランたちが命がけで魔王を討伐したから、いまの世界があるのだ」

ラミアの街は活気に溢れ、道行く人々の顔も明るい。

手を繋いだ親子が前から歩いてきた。どうやら夕飯の話をしているらしい。母親も娘も笑顔を浮かべている。

親子とすれ違いながら、俺は口端《くちは》を上げた。

あの笑顔こそ平和の証だ。我が友たちが守ったものだ。

誇らしい気分で歩いていると、斜め上にかけられた標識に気づく。標識には、ここが『牛追い通り』であることが記《しる》されていた。

牛追い通りには、勇者パーティーを結成した酒場がある。

「久しぶりに一杯やるか。ロランたちの功績を肴《さかな》にして」

高揚《こうよう》しながら通りを進み、酒場のある地点にやってきた。
だが俺はそこに立ち尽くした。
「酒場が……ない」
そこに建っていたのが、誰のものとも知れぬ邸宅《ていたく》だったからだ。
しばし呆然としたあと、俺はフラリと歩き出す。
俺の脚は、自然と思い出の場所を巡っていた。
ロランと出会った石橋。
アレックスともども世話になった鍛冶屋《かじや》。
フィーアに連れていかれた大図書館。
リトと食べ歩きした市場。
マリーとふたりで育った孤児院。
ない。
ひとつもない。
仲間との思い出の場所。そのすべてが、なかった。
孤児院だった場所に建つ、大勢の客で賑《にぎ》わう食堂を眺め、俺はポツリと呟《つぶや》く。
「……二〇〇年、経ったのだからな」
そうだ。ここは俺が生きた時代ではないのだ。
なにものも、時が経てば移ろいゆくのは道理。

変わらないものなどない。

終わらないものなどない。

なくならないものなど、ないのだ。


いつの間にか日は暮れ、夜が訪れていた。

思い出の場所を失ったむなしさに苛《さいな》まれながら、俺は宿を探す。

幸《さいわ》い、金は充分にある。魔王討伐の旅はなにかと費用がかさむため、多数の国から支援があったのだ。

「けして悪いことばかりではない。このむなしさもいつかは癒える。いまは休もう。疲れをとってから、また歩き出せばいい」

自分に言い聞かせながら、俺は歩《ほ》を進めた。


「……使えない？」

宿の受付で俺は愕然《がくぜん》としていた。

黒い上等な衣服を身につけた受付の男性が、申し訳なさそうに頭を下げる。

「はい。お客様がお持ちになっている硬貨は、一〇〇年以上前のものでして……」

どうやら二〇〇年のあいだに使える硬貨が変わっていたらしい。

つまり、俺が所持している金はすべて無価値な、ただの円形の金属板になってしまったのだ。

俺は、一文無《いちもんな》しになってしまった。

「そうか……すまぬな」

なんとかそれだけ口にして、返却された硬貨を袋に戻し、俺は宿を出た。

春といってもまだ寒い。特に夜風は堪える。傷心《しょうしん》に追い打ちをかけられた気分だ。

ラミアの街は夜にもかかわらず明るかった。街のあちこちに立つ柱に明かりが灯っているからだ。俺の知らない技術だろう。

街には相変わらず活気があり、酒場と思《おぼ》しき店から笑い声が聞こえてくる。

そんな街を、俺はひとりで歩いていた。いや、さまよっていた。

ロランたちが魔王を討ったと知ったときの喜びは失せている。

二〇〇年後の街並みを散策したときの高揚感は失せている。

人々の笑顔を眺めて感じた誇らしさは失せている。

いまはただ、胸にぽっかりと穴が空いたような、その穴を風が通り抜けていくような、言いようのないむなしさだけが残っていた。

「……そうか」

目新しい街のなか。

見知らない人混みのなか。

俺は悟った。

「俺は、独《ひと》りなのだな」


夜空を見上げ、息をつく。

むなしさが過ぎると、涙は出ないのだとはじめて知った。

そのときだった。

けたたましい擦過音《さつかおん》を響かせて、一台のトロッコが駆け抜けていったのは。

背後から走ってきたそのトロッコに乗っているのは、三名の人物だった。

前方にひとりの男性。後方に、もうひとりの男性と――頭から袋をかぶせられ、両手両脚を縛られた、ひとりの女性。

拘束された女性が、抵抗するように身をよじる。

「おとなしくしロ！」

暴れる女性を、隣に座る男が押さえつけた。

状況から察するに、あの女性は男たちに誘拐されようとしているのだろう。

平和な街に似つかわしくない非常事態に、俺の周りにいる人々がざわめく。

ざわめきのなか、腹の底から熱がこみ上げてくるのを感じた。

グツグツと煮えたぎる、黒い灼熱《しゃくねつ》――憤怒《ふんど》だ。

「魔王がいなくなっても、不届《ふとど》き者はいなくならないようだ」

抑えきれない怒りが俺を突き動かす。

俺は地を蹴り、トロッコを追いかけるべく風となった。

男たちが乗るトロッコは、ほかのトロッコをジグザグに追い抜き、馬の三倍以上の速度で道を走る。

トロッコを追う俺は、それ以上の速度で駆ける。

爆走するトロッコと、猛然と駆ける俺を見て、道の両脇にいる人々が目を丸くしていた。

トロッコと俺との距離は見る見るうちに縮まっていく。

俺の存在に気づいた男たちが顔を強張らせた。

「な、なんダ、あいつ!?　魔導車より速く走るなんてあり得るのカ!?」

「驚いてる場合じゃネェ!!」

ギャリギャリとけたたましい音を立て、トロッコが右に曲がる。大通りから小道に入ったところで、今度は左に曲がった。

トロッコは右へ左へと次々曲がり、より細く、より暗い道へ進んでいった。俺を撒《ま》きたいのだろう。

だが、そうはさせん。

曲がりくねる軌道に一切《いっさい》惑《まど》わされず、俺はトロッコを追跡し、着実に距離を縮めていった。

いつまでも追いかけてくる俺に苛立《いらだ》ったのか、男たちが舌打ちする。

「くそっ!!　もういい！　殺《や》レ!!」

トロッコ前方の男の指示で、後方の男が懐《ふところ》からなにかを取り出した。

筒に取っ手をくっつけたような、奇《き》っ怪《かい》な形状の物体だ。筒と取っ手のあいだには、虹色の光沢《こうたく》をした玉が埋め込まれている。

あの玉は『魔石《ませき》』。魔力《マナ》との親和性《しんわせい》が高い特殊な鉱石で、魔法装備の素材として重宝《ちょうほう》されるものだ。

妙《みょう》なかたちだが、あの物体はなんだ？　アイテムの一種か？

眉をひそめていると、男が筒の先を俺に向けた。

男の唇が醜悪《しゅうあく》に歪む。

「焼け死ネ!!」

同時、筒の先から火炎球が放たれた。

俺は目を見開く。その火炎球が、炎魔法『ファイアボール』だったからだ。

魔法の発動には詠唱《えいしょう》が必要だ。しかし、詠唱は唱《とな》えられていない。

魔法を放つアイテムなど存在しない。しかし、あの筒はファイアボールを放った。

どうなっている？　未知の術式か？　新たに発明されたアイテムか？

様々な疑問が浮かぶ。

しかし、俺はそのすべてを無視した。

疑問は尽きないが、いまはどうでもいい。肝心《かんじん》なのは、男たちが敵意を向けてきたことだ。

俺を殺《あや》めようとしたことだ。

「ならば、容赦《ようしゃ》はいらないな」

迫りくる火炎球を見据《みす》え、俺は腰に佩《は》いた刀を抜き放つ。

「破《は》ぁっ!!」

裂帛《れっぱく》。一刀。両断。

火炎球が真っ二つに割れ、大気に散っていった。

男のニヤニヤ笑いが引っ込む。

「魔法を……打ち消しタ……!?」

代わりに浮かぶのは、化け物を目にしたような怯《おび》えだった。

体を前傾《ぜんけい》させ、俺はさらに速度を上げる。

「ひっ!?」と男が声を引きつらせた。

「く、来るナァ————ッ!!」

男が錯乱《さくらん》したように火炎球を乱射する。

俺は火炎球をひとつ残らず斬っていく。

火炎球をことごとく打ち消され、男がカチカチと歯を鳴らした。前方の男も異常に気づいたのか、顔が青ざめている。

もはやトロッコは目前。

俺は刀を左脇に構え――

「疾《し》っ!!」

追い抜きながら振るった。

トロッコと車輪に斬痕《ざんこん》が走り、上と下とが分断される。

「ひゃっ!?」

拘束された女性が宙に投げ出された。俺は刀を持っていないほうの腕で、女性をふわりと受け止める。

ブーツで地面を削りながら速度を殺し、無事停止。

男たちは両断されたトロッコとともに壁に激突し、潰れたヒキガエルみたいな声を上げた。

「「ぐ……う……っ」」

破片と瓦礫《がれき》のなかから、男たちが血塗《ちまみ》れで這《は》い出てくる。

俺は男たちに刀の切っ先を向けた。

月明かりが刀身をギラリと光らせ、男たちの顔が蒼白《そうはく》になる。

「貴様たちは知っているか？　かつて、世界を救うために命を懸《か》けた者たちがいたことを。いまの平和は人々の悲願であり、希望であり、我が友たちの誇りだ」

俺は猛禽《もうきん》の如《ごと》く鋭い眼差《まなざ》しで、男たちを射貫《いぬ》いた。

「友の誇りを汚す者は、この俺が叩《たた》っ斬《き》る」

「「ひぃ……っ!!」」

男たちが這々《ほうほう》の体《てい》で逃げ出す。

追いかけたいのはやまやまだが、こちらには奴らに拘束されていた女性がいる。彼女を置いてはいけない。いま気にかけるべきは彼女だ。

刀を軽やかに振るって、左腕に抱えた女性の手足を縛る紐《ひも》を断つ。

「大事《だいじ》はないか？」

「は、はい、ありがとうございます」

「構わん」

俺は女性へと目をやる。投げ出された弾《はず》みか、彼女の頭にかぶせられていた袋はどこかに消えていた。

俺は言葉を失った。

陽光を織《お》ったような、ゴールデンブロンドのハーフアップ。

エメラルドの如き、丸い翠眼《すいがん》。

ホットミルクのような、優しい白さの艶肌《つやはだ》。

タンポポのように柔和《にゅうわ》な、笑顔の似合う顔立ち。

豊かな胸元をした、中背の細身。

俺のひとつ年下だった——二〇歳だった彼女より三歳ほど幼くは見えるが、少女はまさに、彼女の生き写しだった。

思わず呟く。

「……マリー？」

俺が驚くのも無理はない。彼女は、ラゴラボスの『時縛大呪《クロノ・ヴァニッシュ》』によって分かたれた友と――

マリーと瓜二つなのだから。

俺の呟きを耳にして、マリーそっくりの少女が息をのむ。

少女は俺を見つめ、クリクリした目をさらに大きくした。

「黒いざんばら髪……黒い切れ長の目……そして、一振りの刀！」

俺の特徴ひとつひとつを噛みしめるように確かめ、少女がキュッと唇を引き結んだ。

「ついに、おいでになったのですね……！」

少女が身を起こし、俺の腕から離れ、地面に膝をつき、恭《うやうや》しく頭《こうべ》を垂れた。

「お待ちしておりました、イサム様」

「俺を、知っているのか？」

未来に来てから一度も呼ばれていなかった、すでに忘れ去られていたのだろう、自分の名を呼ばれ、俺は声を掠《かす》れさせる。

少女が顔を上げ、王に謁見《えっけん》するような神妙《しんみょう》さで頷《うなず》いた。

「はい。わたしはセシリア＝デュラム。『勇者』ロラン＝デュラムと、『聖女』マリー＝イブリールの子孫です」

「ロランと、マリーの……」

友の子孫との出会いに、俺は茫然自失とする。

ふたりの友との思い出が脳裏《のうり》を過ぎゆくなか、俺は震える唇を開いた。

「『待っていた』と言ったな。どのような意味だ？」

「言葉通りの意味です。わたしたちデュラム家の者は、ずっとあなたをお待ちしていたのです。先祖より託《たく》された使命のために」

セシリアが語る。

「わたしたちは先祖――ロランとマリーから、申し渡しをされていました。『百年先。千年先。一万年先。いつになるかはわかりませんが、時を超えて私たちの仲間が訪れるでしょう』」

セシリアの語る話を、俺は刻みつけるように傾聴《けいちょう》する。

「『彼は私たちの恩人にして平和の礎《いしずえ》。私たちもこの世界も彼に救われました。だからこそ、彼が訪れたとき、その恩を返しなさい』」

知らず握りしめていた両手が震える。

「『様変わりした世界に彼は戸惑《とまど》うでしょう。どう生きていけばいいか悩むでしょう。ですから、私たちが支えるのです。今度は私たちが助けるのです。彼が、平和な時を過ごせるように』」

目頭《めがしら》が熱くなる。

「イサム様。ロランとマリーより言伝《ことづて》がございます」

セシリアが、花びらのように可憐《かれん》な唇をほころばせた。

「『ありがとう、イサム。最愛なる友よ』」


ああ。

そうか。

そうだったのか。

ロラン、マリー。お前たちは、俺を気にかけてくれていたのか。

もう二度と会えないにもかかわらず、俺を慮《おもんぱか》ってくれていたのか。

ああ。

そうか。

そうだったのか。

俺の頬を涙が伝う。


「俺は、独りではなかったのか……!!」


友たちは、ずっと俺を思ってくれていたのだ。

「こんなに嬉しいことはない……!!」

次から次へと涙が溢れてくる。顔をクシャリとさせて、俺は声を詰まらせた。

セシリアが、涙する俺を優しく見守ってくれていた。

「…………っ！」

セシリアの微笑みが不意に歪む。

セシリアが右手の甲を押さえた。そこから血が流れている。どうやら、トロッコから投げ出された際、どこかにぶつけてしまったらしい。

涙を拭い、俺は頭を下げた。

「すまぬ。庇《かば》いきれなかったようだ」

「あ、頭を上げてください、イサム様！」

「しかし……」

眉を下げる俺に、慌てた様子で両手を振り、セシリアが苦笑する。

「平気です。すぐに治りますから」

言葉の意味がわからず首を傾げていると、セシリアの右手の甲が、淡い緑色の光に包まれた。

光に包まれるなか、流れていた血が引き、赤く爛《ただ》れていた皮膚が、滑《なめ》らかな白肌に戻っていく。傷が癒えているのだ。

「『聖母の加護《ヒール・ブレッシング》』か！」

『聖母の加護』とは、マリーの特殊能力。魔力の消費と引き替えに、味方の傷を自動的に癒やす、最高峰の治癒能力だ。

元通りになった右手の甲を見せながら、「はい」とセシリアが目を細める。

「ご先祖様からいただいたようなんです」

「『聖母の加護』は、ロランとマリーの子孫《きみたち》に受け継がれているということか？」

「いえ。どうやらわたしだけが特別みたいでして……マリー様の血が、濃く現れたのかもしれません」

『マリーの血が濃く現れた』か。言い得《え》て妙《みょう》だ。セシリアはマリーの生き写しなのだから。

感じ入っていると、セシリアの微笑みが悲しげなものに変わった。

「嬉しいことなんですけど、この力を狙う方《かた》もいるみたいです」

「先の輩《やから》のことか」

セシリアが頷く。

「言葉の訛《なま》りから、おそらく、北東の街『パンデム』に住む方だと思われます。いつもは撃退しているんですけど、今日は『魔導兵装《まどうへいそう》』がなくて……イサム様が助けてくださらなければ、さらわれているところでした」

「傷つけられようとしている者が目の前にいたのだ。見捨てようものならば、友たちが化けて叱《しか》りにくるだろう」

「ふふっ。イサム様はお優しい方です」

陰っていた表情を明るくして、セシリアが俺の手を取った。

「行きましょう、イサム様。わたしたちのお家《うち》にご案内します」

セシリアが俺の手を引いて歩き出す。

華奢《きゃしゃ》な背中を眺めながら、俺はセシリアの言葉を思い返した。

――いつもは撃退しているんですけど、今日は『魔導兵装』がなくて……。

どうやらセシリアは日常的に狙われているらしい。

武器と思われる、『魔導兵装』とやらを振るわなければ、今日のようにさらわれてしまうらしい。

平和な世になったにもかかわらず、友たちが平和を築いたにもかかわらず、友たちの子孫は、危険に見舞《みま》われている。

そのようなこと、あっていいはずがない。

俺はセシリアの手をキュッと強く握る。

セシリアが振り返り、小首を傾げた。

「どうかされました？」

「いや、誓いを立てただけだ」

言葉の意味がわからないようで、セシリアは、コテン、と首を反対側に傾ける。

愛らしい仕草《しぐさ》に笑みをこぼし、俺は夜空を見上げた。

決めた。

ロランよ、マリーよ、俺は決めたぞ。

お前たちの子孫は――セシリアは俺が守る。俺の一生を賭《と》して守り抜いてみせる。

それが、俺を救ってくれたお前たちへの。

それが、俺を救ってくれたこの優しい子への。

せめてもの、礼だ。


セシリアのあとをついて行くと、周囲の風景は変わっていった。進むに従って、建ち並ぶ住宅が豪勢《ごうせい》になっていったのだ。

俺がそのことについて尋ねると、セシリアが振り返る。

「この一帯が、貴族が重宝《ちょうほう》している高級住宅街だからです」

「ということは、デュラム家も貴族なのか？」

ロランもマリーも平民の出《で》。どちらも貴族ではなかった。いつの間に貴族になったのだろうか？

俺の疑問に、セシリアが笑みとともに答える。

「はい。勇者パーティーは、魔王を討伐したことで貴族位を与えられましたから」

「ほう！　となると、ほかの三人の子孫も貴族ということか」

「ええ。ただ、イサム様は……」

表情を曇らせて言い淀《よど》むセシリア。その意《い》を悟り、俺はゆっくりと首を横に振った。

「気にせずともいい。俺に貴族位が与えられなかったのは当然だ。俺は、勇者パーティーとして認識されていないのだろう？」

「気づいていらっしゃったのですか？」

ハッとするセシリアに、俺は苦笑を向ける。

「勇者パーティーの一員と認識されていれば、いまごろこの街は大騒ぎだったろうからな」

未来に飛ばされてから、俺はこの街を歩きまわった。もし勇者パーティーとして認識されていれば、俺が『剣聖』イサムだと気づく者もいただろう。

しかし、俺に注目する者は誰もいなかった。名を呼ばれることもなかった。だから俺は察したのだ。勇者パーティーの一員として、俺は数えられていないのだと。

「事実、俺は魔王の討伐に参加していない。ラゴラボスとの戦いでリタイアしたのだからな」

「……申し訳ありません」

「セシリアが気にすることはない。謝る必要もない。貴族など柄《がら》でないし、俺はロランに、マリーに、きみに救われた」

沈痛《ちんつう》な顔でうつむくセシリアに、俺はからっとした笑みを見せた。

「充分すぎる報奨《ほうしょう》だ」

「ここがわたしたちのお家です！」

セシリアがにこやかな顔で両腕を広げる。

俺は「ほう」と感嘆《かんたん》の息をついた。

「立派なものだな」

セシリアの家は——デュラム家は広大な敷地を持っていた。

切妻屋根《きりづまやね》を持つ二階建ての屋敷。屋敷の周りは庭になっており、花壇や噴水が設けられている。

「さあ、参りましょう」

手を引くセシリアに「ああ」と応じ、俺は屋敷へと続く道を進む。

ただ、ひとつだけ引っかかる点があった。

デュラム家は立派だ。違いなく立派だ。二〇〇年前であれば、王族が住んでいてもおかしくなかっただろう。

だが、この高級住宅街に建つほかの邸宅と比べると、やや見劣《みおと》りしてしまう。

なぜだ？　ロランとマリーは魔王討伐という偉業《いぎょう》を成し遂げた。誰より敬《うやま》われようとおかしくないはずだが……。

怪訝に思うなか、俺とセシリアは屋敷についた。

両開きの、見事な木製扉。その傍《かたわ》らに立っていた、メイドと思しき女性が、セシリアの姿を確かめ、駆け寄ってくる。

「ご無事でしたか、お嬢様！」

「はい。ご心配をおかけしました」

飛びつかんばかりの勢いで寄ってきたメイドに、セシリアが頭を下げた。

「いえ！　いえ！　お嬢様が謝られることなどありません！　お嬢様がさらわれたとお聞きして、わたくしは心配で心配で……っ！」

「ずっと待っていてくれたんですね、プラムさん」

滂沱《ぼうだ》するメイド（プラムという名前らしい）の背を、セシリアが優しくさする。セシリアの表情は慈愛《じあい》に溢れ、『聖母』を連想させた。

メイド服の袖でぐしぐしと目元を拭い、プラムが顔を上げる。

「旦那様と奥様にも、お嬢様の無事を伝えて参ります！」

プラムが一礼して扉を開けた。

走り去っていくプラムを見送った俺は、セシリアの招きで足を踏み入れた。

エントランスホールは吹き抜けになっており、二階へ続く階段が正面にあった。

天井には豪奢《ごうしゃ》なシャンデリアが吊されている。ただ、シャンデリアの光源はロウソクではなく、球状の光だ。

俺は目を丸くして、シャンデリアを指さしながらセシリアに尋ねた。

「あれは光魔法の『ライト』ではないか？」

「その通りです」

「誰がライトを発動させているのだ？　シャンデリアを魔法で飾るなどはじめて見た。相当な魔法制御力だ」

「シャンデリアを魔法で飾っているのではありません。シャンデリア自体が魔法を発動させているんです」

　セシリアの説明に、俺は口をあんぐりと開ける。

　仰天《ぎょうてん》する俺に、セシリアがクスリと笑った。

「あのシャンデリアは『魔導具《まどうぐ》』なんです」

「魔導具？」

「はい。魔導具というのは――」

　セシリアの説明はそこで途切れた。ふたりの人物が階段を駆け下りてきたからだ。

　青髪碧眼《へきがん》の男性と、茶髪翠眼の女性だ。

　男性のほうは四〇前後と思しき見た目。中肉中背の体を、紺色のスラッとした衣装で包んでいる。精悍《せいかん》な顔立ちが、どこかロランを彷彿《ほうふつ》とさせる。

　女性のほうも中肉中背。身につけているのはシンプルな上着とロングスカート。柔和な顔立ちがセシリアにそっくりだ。セシリアの姉だろうか？

「セシリア――――ッ!!」

「セシリアさぁ――――んっ!!」

　観察しているあいだにふたりは一階に降り、速度を一切緩めず走ってきて、セシリアに抱きついた。

グズグズと鼻を鳴らすふたりの背に、セシリアも腕を回す。

「お父さん、お母さん、心配かけてごめんなさい」

「いいんだ！　セシリアが帰ってきてくれたなら、私たちはそれでいいんだ！」

「わたくしたちは、セシリアさんにもう会えないのかと……っ！」

ふたりの泣き様《よう》は激しくなるばかりだった。どうやらセシリアの両親らしいが、凄《すさ》まじい取り乱し様だ。

それだけセシリアの身を案じていたのだろう。よい親ではないか。

「よく戻ってきてくれた、セシリア！」

「魔導兵装もないのに頑張りましたね」

「いいえ。わたしひとりではどうにもなりませんでした」

両親に労《ねぎら》われるなか、セシリアが首を横に振る。

「では、どうやって誘拐犯から逃れてきたんだい？」

「イサム様が助けてくださったのです」

頭の上に『？』を浮かべるふたりに、セシリアが俺を紹介した。

ようやく存在に気づいたのか、ふたりの顔が俺のほうを向く。

ふたりが息をのみ、瞠目《どうもく》した。

ふたりはセシリアから離れ、その場に両手両膝をつく。

「『剣聖』のイサム様でいらっしゃいますか！」

セシリアの父親に、「ああ」と俺は頷いた。

「セシリアから聞いている。ロランとマリーの命《めい》により、俺を待っていてくれたのだな」

「はい！　私どもの先祖はイサム様に助けていただきました！　いまの平和があるのも、私どもがここにいるのも、すべてはイサム様が身を投げ打ってくださったからでございます！」

「そればかりでなく、わたくしたちの娘まで助けていただき……感謝してもしきれません！」

「いい」

平身低頭《へいしんていとう》するセシリアの両親に、俺は穏やかな目を向ける。

「助けられたのは俺のほうだ。俺はセシリアに救われた。ロランとマリーの申し渡しを、お前たちが伝えてくれたからだ」

感謝を込めて俺は一礼した。

「お前たちがいてくれてよかった。感謝する」

「もったいないお言葉です……！」

「これ以上の栄誉《えいよ》はございません……！」

身を震わせて、ふたりが感涙《かんるい》した。

「美味《うま》い！」

「お口に合ったようでなによりです」

「ああ！　これほど美味いものは食ったことがない！」

ダイニングに案内された俺は、セシリアの両親――ジェームズとポーラに、夕飯を振る舞ってもらっていた。

テーブルに並ぶ何枚もの皿。二〇〇年前では見たこともない料理の数々。

そのどれもが絶品で、俺はバクバク、ガツガツ、ムシャムシャと、一心不乱にかき込んでいる。

俺の食べっぷりが無作法《ぶさほう》すぎるためだろうか、給仕《きゅうじ》を務めるメイドがポカンとしていた。

「すまぬな、ジェームズ。作法がなってないだろうが、俺はマナーに疎《うと》いのだ。許してほしい」

「お気になさらず。イサム様に美味しく召し上がっていただけなければ、意味がありませんから」

「助かる」

おおらかな笑顔で許してくれたジェームズに感謝して、俺は食事に戻る。

ロランとマリーが子孫に伝えてくれたらしく、もてなされた料理はどれも、俺の好きな魚料理だった。進歩したのだろう調理技術も相《あい》まって、『美味い』という言葉では足りないくらい美味い。料理を口に運ぶ手が止まらない。一時たりとも止めたくない。

並んだ料理をあっという間に平《たい》らげ、「馳走《ちそう》になった」と合掌《がっしょう》すると、ジェームズたちは至《し》極嬉《ごく》しそうに破顔《はがん》した。

「人心地《ひとごこち》ついた。こちらに飛ばされてから、なにも口にしていなかったのだ」

「それは大変でしたね」

「ああ。硬貨も使えぬものだから苦労した」

気遣わしげに眉を下げるポーラに、俺は苦笑してみせる。

「何分《なにぶん》、いまの世界についてなにも知らぬのでな。よければ教えてほしいのだが、構わないだろうか？」

「もちろんでございます」

ジェームズが鷹揚《おうよう》に頷き、ポーラとセシリアがそれに倣《なら》う。「助かる」と歯を見せるように笑い、俺は訊いた。

「まず、街中を走るトロッコのような乗り物がずっと気になっていたのだが……」

「『魔導車《まどうしゃ》』のことですね。あれは魔力を原動力とする乗り物です」

俺は「ほう！」と目を丸くする。

「驚いたな。そのような乗り物は聞いたことがない。加えて、あれほどの数が走っているとは……」

魔法の威力・効果は、費《つい》やした魔力量と、術者の魔法力に比例する。術者の魔法力が高いほど、費やした魔力量が多いほど、魔法の威力・効果は上がるのだ。

この基本原則を踏まえると疑問が浮かぶ。

魔導車は馬を超える速度で走っていた。それも複数名の人物を乗せて。

重量と速度を考えるに、相当な魔法力・魔力量が必要になるはずだ。にもかかわらず、魔導車は何台もビュンビュンと街を走り回っていた。

「この時代の者たちは、皆《みな》、魔法の才に恵まれているのか？」

「そのようなことはありません。伝え聞く限りでは、二〇〇年前の方々のほうが、優れていたそうです」

ジェームズの答えに俺は首を捻《ひね》る。

だとしたら、魔導車のあれほどの性能はどこからくるのだろうか？

俺の疑問を察したように、ジェームズが再び口を開いた。

「魔導車の性能が高いと思われたのは、『魔導機構《まどうきこう》』が用いられているからでしょう」

「聞き慣れない単語だな。現代の技術のことか？」

「ええ」とジェームズが首肯《しゅこう》する。

「魔導機構とは魔石を用いた技術です。魔力との親和性が高い魔石に、『魔法式《まほうしき》』という情報を組み込むことで、魔法よりもはるかに少ない魔力量・魔法力で、魔法よりもはるかに高い効果を生み出す仕組みです。詠唱の必要もありません」

「なんと！　二〇〇年前では考えられん技術だ！」

「魔石に組み込める魔法式がひとつだけで、特定の術式しか発動できないのが欠点ですが、それ以外は魔法より優れているかと。この、魔導機構が用いられた道具・機器は『魔導具《まどうぐ》』と呼ばれています。魔導車はそのひとつなのです」

驚愕しつつ、俺は思い出した。セシリアの誘拐犯が持っていた武器にも、魔石が用いられていたことを。

「魔導機構は武器にも用いられているのか？」

「『魔導兵装《まどうへいそう》』のことですね」

魔導兵装――セシリアの話でも出てきた単語だ。やはり武器のことだったか。

「イサム様の仰《おつしや》る通り、魔導兵装は魔導機構を用いた武器です。魔力量や魔力指向性《しこうせい》の調整が必要になるので、魔導具より扱いは難しいですが、従来《じゆうらい》の武器とは比べものにならない効果・威力を発揮します」

「たしかに、あれほど強力な武器は俺の時代にはなかった」

誘拐犯は筒状の魔導兵装でファイアボールを連発していた。仮に奴らが二〇〇年前に飛ばされたら、大魔導師だともてはやされるだろう。それほどに魔導兵装は優れている。

「魔導兵装は『モンスター』を討伐するために発明されたものです。魔王と魔族の脅威《きようい》は去りましたが、モンスターまでいなくなったわけではありませんからね」

苦笑いするジェームズに、「そうだな」と俺は合いの手を入れた。

モンスターは、この世界に古くから生息する、獣の上位種。魔族とは別物だ。

魔族のように、意図的に襲うことはないが、縄張りへの侵入や食糧不足などが原因で、人間に牙を剥《む》くことがある。

やはり、現代でも力は必要なのだ。

「ですが昔と比べると、魔導兵装のおかげで、モンスターの討伐はだいぶ容易《ようい》になったそうですよ？」

ジェームズの話をポーラが継《つ》ぐ。

「魔導機構を発明されたフィーア様とリト様には、感謝が尽きません」

「フィーアとリトが？」

「ええ。お二方が力を合わせられて発明されたと、そう伺《うかが》っています」

「そうか……」

自然と俺の口角は上がっていた。

——フィーア。ロランたちを、人々を、その聡明《そうめい》さで導《みちび》いてくれ。

——その技術は、魔王を倒すため、世界をよりよくするために使ってくれ、リト。

ふたりとも、俺との約束を果たしてくれたのだな。

フィーア、リト、感謝する。お前たちは、たしかに人々を導き、世界をよりよくしているぞ。

「魔導機構の発明は、世界のあり方を大きく変えました。わたくしたちは日常生活からモンスターとの戦闘に至るまで、様々な魔導具・魔導兵装の恩恵を受けており、現代は『魔導社会《まどうしゃかい》』

と呼ばれているのです」

「なるほど。よくわかった」

ジェームズとポーラからの説明により、いまの世界について少し明るくなった。

そのうえで俺は思う。

「少々困ったことになったな」

「そうですね……」

腕組みして唸る俺に、ジェームズが溜息とともに同意した。

「イサム様は魔力を生成できませんから」

本来、人間は誰もが魔力を生成できる。だが、どういうわけか俺は、魔力を一切生成できない特異体質なのだ。

好物と同じく、ロランとマリーは俺の体質についても子孫に伝えてくれたのだろう。事情を知っているらしいジェームズが、難しそうな顔をする。

「魔導社会は、『人間は魔力を生成できる』という前提で成り立っています。少なくともミロス王国の国民に、魔力を生成できない者はひとりもいません。イサム様は例外中の例外と言えます」

現代の人々は、日常生活からモンスターとの戦闘に至るまで、様々な魔導具・魔導兵装の恩恵を受けているらしい。逆に言えば、魔導具・魔導兵装の恩恵を受けなければ、日常生活もモンスターとの戦闘も、ままならないということだ。

モンスターとの戦闘ならなんとかなる。むしろ、なんの問題もない。俺は、魔族や魔将と――モンスターとは比べものにならない強敵と、戦ってきたのだから。

だが、日常生活となるとどうしようもない。少なくとも、魔導社会で生きていく自信は俺にはない。

魔導具・魔導兵装がまったく使えない俺が、この時代でまともに生活できるのだろうか？

「大丈夫です！」

どうしたものかと悩んでいると、セシリアが勢いよく手を挙げた。

俺、ジェームズ、ポーラの視線がセシリアに向く。

俺たちの視線を一身に受けながら、セシリアは両手をギュッと握り、フンス！　と鼻息を荒くして宣言した。

「わたしがイサム様のお手伝いをします！　ずっと側《そば》でお仕《つか》えしますから！」

ダイニングが静寂に包まれた。

セシリアは現代人。当然ながら魔導社会に馴染《なじ》んでいるだろう。セシリアが側《そば》にいてくれれば、俺もこの時代で生活を送れる。

願ってもない申し出だが……セシリアは構わないのだろうか？

「うーむ」と俺が顎《あご》に手を当てていると、ガタンッ！　と椅子を鳴らしてジェームズが立ち上がった。

「ほほほ本気かい、セシリア!?」

なぜか尋常《じんじょう》でないほど動揺していた。

「もちろん本気です。イサム様はわたしたちデュラム家の大恩人。ご先祖様も、イサム様を支えるよう命じられたじゃないですか」

「し、しかし……」

「それに、イサム様はわたしを助けてくださいました。この恩を返さなければ、ご先祖様に合わせる顔がありません」

「だ、だが……」

断固《だんこ》として意見を曲げないセシリアに、ジェームズはオロオロするばかりだ。そんな父親の反応に、セシリアが怪訝そうに首を傾げる。

「お父さんはどうしてそこまで慌てているんですか？」

「ど、どうしてって……イサム様は男性なんだよ？」

「はい。イサム様は男の方です」

「そしてセシリアは女の子だよね？」

「はい。わたしは女性です」

「女性が男性の側《そば》にずっといるというのは……その、父親としてだね……？」

「ジェームズさん」

狼狽するジェームズの肩に、立ち上がったポーラがそっと手を置いた。

「セシリアさんの意見を尊重《そんちょう》しましょう」

「き、きみはいいのかい、ポーラ!?」

ギョッとするジェームズに、ポーラはどこかさみしそうな表情で「はい」と答える。

「セシリアさんも一七歳。自分で判断できる年齢です。セシリアさんが決めたことなら、応援するのが親というものです」

「ポーラ……」

「ジェームズさん。わたくしたちも子離れしないといけないのですよ」

「そうか……そうだな……きみの言うとおりだ」

ジェームズが涙ぐみ、重く頷いた。

そんなジェームズに寄り添うように、ポーラが小さく頷き返す。

なんだろうか、このやり取りは？

ふたりはなぜこんなにも悲壮感《ひそうかん》を醸《かも》し出しているのだろう？　なぜ、我が子を戦地に送り出すような顔をしているのだろう？

よくわからないままでいると、ジェームズとポーラがふたり揃って俺に向き直った。

この上なく真剣な眼差しをしながら、ジェームズとポーラが頭を下げる。

「イサム様。セシリアさんをお願いします」

「私たちの娘を、どうか幸せにしてやってください！」

そんな話だったか？

俺は困惑するほかない。

どうしてそのような頼み事をされるのだろう？　魔導社会でどうやって生きていくか俺は悩み、セシリアが俺の手伝いをすると申し出てくれて……ジェームズとポーラが口にしたのが、『娘を幸せにしてくれ』？

わからん。文脈が飛びすぎている。

セシリアなら現状を把握しているかもしれない。そう思い、俺はセシリアへと目をやった。

だが、セシリアもふたりの言動がつかめていないようで、戸惑った様子で俺のほうを見ている。

俺とセシリアは顔を見合わせ、ふたり同時に首を傾げた。


「いい湯だった」

「ご満足いただけたのならよかったです」

風呂に入ってきた俺に、セシリアが「ふふっ」と笑いかける。

本当によかった。二〇〇年前は湯を沸《わ》かすのも一苦労で、なかなか風呂に入れなかったからな。

俺の生活についての問題は、セシリアが面倒を見るという結論に着地し、俺たちは共に過ごすことになった。

いま俺たちがいるのはセシリアの部屋だ。緑の絨毯《じゅうたん》が敷かれた室内には、鏡台《きょうだい》、本棚、キャビネット、ビューローやベッドが設けられている。

部屋の隅《すみ》にある暖炉に似た機器は、室内の温度を調整する魔導具で、夏は涼しく、冬は暖かく過ごせるらしい。素晴らしい時代になったものだ。

俺より先に入浴を終えたセシリアは、薄桃色の寝間着に着替え、ビューローの椅子に腰掛けていた。ハーフアップにされていたゴールデンブロンドは下ろされ、湯上がりということでしっとりとしている。どこか大人っぽい。

「夜も遅いのでそろそろ眠りましょうか」

「そうだな。布をもらえるか？」

「布、ですか？」

俺の注文に、セシリアが目をパチクリさせる。

俺は「ああ」と頷いた。

「時期的にまだ夜は冷える。防寒に用いたいのだ」

「……もしかして、床で眠るおつもりですか!?」

セシリアが目を丸くして、跳ねるように立ち上がる。

「ダメです！　大恩人を床で眠らせるなんて、できるはずがありません！」

「野営と比べれば充分快適だぞ？」

「それでもです！　イサム様はベッドをお使いください！　わたしが床で眠ります！」

「そういうわけにはいかん。女性を床で眠らせるなどできん」

俺が首を横に振ると、「むむぅ」とセシリアが唇を尖らせた。意見を曲げるつもりはないらしい。

かといって俺も譲《ゆず》れない。女性を床で寝かせ、自分だけベッドで眠るなど、男としての矜持《きょうじ》が許さんのだ。

どう説得しようかと考えていると、セシリアがなにかを閃《ひらめ》いたように、ピン、と人差し指を立てた。

「では、一緒にベッドで眠りましょう！　これで解決です！」

「……む？」

俺は眉をひそめた。

それは解決と言えるのか？　いや、言えんだろう。

「セシリア。それでは別の問題が出てくるぞ」

「たしかにふたりで眠るには狭いですけど、くっつけば大丈夫ですよ？」

「そうではない」

ひとつ嘆息して、俺は指摘する。

「男とひとつの寝床《ねどこ》で眠るのは、流石《さすが》にどうかと思うのだが」

思えば入浴の際も、セシリアは俺と共に風呂に入ろうとしてきた。背中を流すつもりだったらしいが、俺は丁重《ていちょう》に、かつ、断固として断った。

どうやらこの子は、男に対する危機感が足りないようだ。用心することを覚えさせたほうがいい。

俺が忠告すると、セシリアは決まりが悪そうに目を逸《そ》らし、指先をモジモジさせた。

「わたしも大胆《だいたん》なことを言っている自覚はあります。ですが、イサム様を信頼していますから」

羞恥心《しゅうちしん》からか頬は赤らめているが、それでもセシリアは微笑みを浮かべていた。

俺は「ふむ」と腕組みする。

男女が床《とこ》を共にするのはやはりいけないと思うが、ここまでセシリアが言ってくれているのに、断るのはいかがなものか？　セシリアとて恥ずかしいだろうが、それでも俺を気遣ってくれたのだ。これ以上、あれこれ言うのは野暮《やぼ》ではないだろうか？

しばし黙考《もっこう》し、俺は結論を出す。

「わかった。ともに寝よう」

「はい！」

セシリアがニコリと笑う。俺を微塵《みじん》も疑っていない純粋な笑顔だ。大変愛《あい》らしい。

頭を撫でてあげたい気持ちになりながら、俺はセシリアと共にベッドに入る。

ベッドは驚くほどふかふかだった。二〇〇年前のものとは雲泥《うんでい》の差だ。これはぐっすり眠れそうだな。

「それでは明かりを消しますね」

「ああ」

俺が頷くと、天井から吊り下げられていた丸い器具から、明かりが消えた。

あれは使用者の魔力を吸い、自動で光を灯す魔導具らしい。使用者の意思ひとつで、点灯・消灯を切り替えられるそうだ。

暗闇に包まれた室内で、俺は一日を振り返る。

人生で一番と言える激動の一日だった。

ラゴラボスとの激闘。

仲間との別れ。

未来への来着《らいちゃく》。

様変わりした世界。

孤独。

そして、救い。

これからどうなるかはまったく予想がつかない。だが、俺は決めたのだ。この世界をセシリアと共に生きると。

「――起きていますか、イサム様？」

しんみり思っていると、すぐ隣にいるセシリアが声をかけてきた。

「どうした？」

「手を、繋いでもいいでしょうか？」

「ああ。構わない」

「ありがとうございます」

囁《ささや》くように礼を言って、セシリアが俺の手を取る。

セシリアの手はかすかに震えていた。

俺は悟る。

セシリアは誘拐されかけていた。助けられたとはいえ、相当な恐怖だったろう。怯えが残っていても仕方ない。

「大丈夫だ」

俺よりもずっと小さな手をキュッと握り、右腕を回して肩を抱く。

「心配しなくていい。俺が側《そば》にいる」

「……はい」

ほぅ、と息をつく気配がした。

ポン、ポン、と赤子《あかご》をあやすように肩を叩いていると、やがて安らかな寝息が聞こえてきた。

天使の如き、セシリアの寝顔。それを見つめながら、俺は改めて口にする。

「大丈夫だ。心配しなくていい。俺が側《そば》にいる」

そう。俺はロランとマリーに誓ったのだから。

「きみは、俺が守る」

師匠と弟子と決闘

翌朝。起床した俺は庭に出て、日課の鍛錬《たんれん》を行っていた。

早朝の澄《す》んだ空気を肺に取り込む。

一〇秒かけてゆっくりと吸い込み、一〇秒かけてゆっくりと吐き出す。それを繰り返しながら心を静めていく。

春風が吹き、近くにある広葉樹の枝を揺らし、花びらが散った。

瞬間、俺は目をカッと開き、鞘《さや》から刀を抜く。

振るう。

閃《せん》。

風切り音。

俺は刀を鞘に収めた。

宙を舞う花びらが、一枚残らず割断《かつだん》された。

ふむ。悪くないな。

体の調子を確かめ、俺は頷《うなず》く。

「……スゴい」

感嘆《かんたん》と呆然が入り交じった声が聞こえた。

見ると、少し離れた位置でセシリアが立ち尽くしている。

動きやすそうな格好をしたセシリアは、鞘に収められたバスタードソードを両腕で抱え、ポカンとしていた。

俺の剣を目の当たりにして驚いたのだろう。

「おはよう、セシリア」

片手を上げて挨拶《あいさつ》すると、セシリアはハッと我に返り、頬をむくれさせながら歩いてきた。

「起きたら隣にいなくて焦りました」

「すまぬな。朝の鍛錬が日課なのだ」

幼げな仕草に苦笑しながら、俺は頬を掻《か》く。

もとからそこまで怒っていなかったのか、セシリアの頬はすぐにしぼんだ。

「いまのは『武技《ぶぎ》』ですか？」

無数の花びらを一瞬で斬った術《すべ》について訊いているのだろう。俺は「ああ」と答える。

この世界には三種類の『力』が存在する。『霊力《エーテル》』・『魂力《プネウマ》』・『魔力《マナ》』だ。

霊力は世界そのものに満ちる力で、あらゆる生物・自然の生きる源《みなもと》。

魂力は、霊力が生物に取り込まれて変換されたもので、いわゆる生命力。

そして魔力は、魂力から生成される、魔法・特殊能力などの超常現象を引き起こす力だ。

『武技』は魂力を用いた戦闘術。身体能力の強化を中心とした技術のことを指す。

「はじめて見ましたが、凄《すさ》まじいものですね」

「はい。武技は失われた技術ですから」

セシリアの話に、俺は目を瞬《しばたた》かせた。

「現代に生きる者は武技を使えないのか？」

「使えないというより、使わなくなったというほうが正しいですね。武技や魔法より、魔導兵装のほうが重宝《ちょうほう》されましたから」

「なるほど。誰もが魔導兵装を使うようになり、武技を使う者がいなくなった。結果として、武技の修得法が失われたというわけか」

セシリアが首肯《しゅこう》する。

仕方ないだろう。武技の修得には時間がかかる。魂力の流れをつかむだけでも、早い者で一週間、遅い者は一年以上かかるのだから。

一方、魔導兵装は、魔力さえあれば誰でも使用できる。魔導具より扱いは難しいとのことだが、それでも、詠唱不要で魔法の才もいらないのは有用としか言えない。おまけに、従来の武器とは比較にならないほど強力だ。

どちらを重宝するかは言うまでもない。当然、魔導兵装のほうに軍配《ぐんばい》が上がる。

新しくて便利なものに、古くて不便なものが淘汰《とうた》されるのは自然の摂理《せつり》。武技は廃《すた》れた技術なのだ。

武技が失われたのは悲しいが、技術の進歩は喜ばしい。誰もが自衛の手段を手に入れられるようになったのだから。

「うむ」と自分を納得させて、俺はセシリアが抱えるバスタードソードを指さす。

「セシリアも魔導兵装を持っているそうだな。それか？」

「はい！『魔剣《まけん》』という種類のものです！」

セシリアがハキハキと答えた。

「これは、武装強化の魔法式が組み込まれた魔剣『セイバー・レイ』。鋼鉄さえ容易《ようい》に斬り裂く剣《つるぎ》です」

セシリアが、愛剣——セイバー・レイの鞘を撫でる。

「プラムさんから、イサム様が庭で鍛錬されていると伺いまして。ご一緒しても構わないですか？　わたしも、朝の鍛錬を日課にしているんです」

「ほう！　殊勝《しゅしょう》な心がけだな」

俺に褒められて嬉しいのか、セシリアが頬を緩めた。

セシリアがクッと胸を張る。

「わたしの夢は、一流の『魔剣士』になることですから」

語るセシリアは誇らしげに映った。イキイキとして見えた。

夢があるのはいいことだ。

夢を叶えるために努力するのはいいことだ。

努力を継続するのはいいことだ。

だが、それが難しい。多くの者は夢を語るだけで終わる。夢を叶えるために努力を継続することは、思った以上に難しい。

しかし、セシリアは夢を夢で終わらせないよう、努力を継続して習慣化している。素晴らしいことだ。友たちの子孫が向上心に溢れていて、俺は嬉しい。

頑張る者は応援したくなるのが人情だ。セシリアに夢を叶えさせるため、俺も力になりたい。

俺は提案した。

「よければアドバイスしようか？」

「いいのですか!?」

セシリアがヒマワリのような笑みを咲かせる。

眩《まぶ》しいばかりの笑顔に、俺も笑みで応じた。

「ああ。これからセシリアには世話になるからな。少しくらいお返しをせねば」

「少しなんかじゃありません！　充分すぎるくらいです！　『剣聖』であるイサム様に剣のアドバイスをいただけるなんて、願ってもないことです！」

高揚《こうよう》しているのか頬を上気させ、セシリアが剣を抜く。

刃渡り一〇〇セルチほどの、両刃の長剣。十字架に似た形状で、鍔《つば》の中央に魔石がはめ込まれている。

体の向きを変え、セシリアが訊《き》いてきた。

「よろしいですか？」

セシリアがまぶたを開ける。柔和《にゅうわ》な顔立ちは凛々《りり》しく引き締まり、眉はキリリと上がっていた。

柄にはめ込まれた魔石が灯り、セイバー・レイの刀身がオレンジ色のオーラに包まれた。

俺の頷きを確かめて、セシリアがまぶたを閉じる。

「では、お願いします」

「構わん」


剣士の顔つきになったセシリアが、セイバー・レイを中段に構える。

「――参ります」

ヒュッ、と短く息を吸い、セシリアが一歩を踏みながらセイバー・レイを振り上げ――

「はあっ!!」

鋭く振り下ろした。

思わず、俺の口から「おっ」と声が漏れる。

セシリアの剣舞は続く。

振り下ろした体勢からさらに踏み込み、左から右への横薙《な》ぎ。そこから流れるように刺突。

相手の反撃を想定しての防御から、弧を描くかたちでの斬り返し。

一連の動作を終え、セシリアが残心の姿勢をとる。

ふぅ、と息をつき、セシリアが体勢を戻した。

「いかがでしたか？」

俺の感想は一言《ひとこと》に集約される。

「よかった」

「本当ですか!?」

セシリアの瞳が輝いた。

「ああ。正直、驚いた。基本をしっかりと押さえた真っ直ぐな剣だ。少なくとも俺の時代において、これだけの剣を振るえれば、一角《ひとかど》の者と見なされる」

セシリアが剣を振った瞬間にわかった。迷いのない踏み込み。淀《よど》みのない剣筋。あれは一朝《いっちょう》一夕《いっせき》で身につくものではない。

何年も何年も、日々の鍛錬を年輪のように重ね、体に刻み込まれた動きだ。長い積み重ねの成果だ。

けちをつける点はひとつもない。だから俺は、純粋なアドバイスをセシリアに送る。

「欠点らしい欠点はないが、意地悪《いじわる》になれればさらに伸びるだろう」

「意地悪に、ですか？」

「セシリアの剣は基本に忠実だ。とてもよいことだが、実戦では相手を出し抜く狡猾《こうかつ》さも必要になってくる。真っ直ぐなだけでは読まれるからな」

「なるほど……」

「かなり高次元の助言だ。セシリアは基本から外れることを覚えたほうがいい。『守破離《しゅはり》』という言葉があるが、きみは『守』の段階——基本を忠実に守り、身につける段階を終えている。

次は『破』——新たな考えや剣を学び、己の殻《から》を破るべきだ。そうすれば『離』——既存《きそん》の教えを離れ、己の剣を振るえる境地に至れる」

「はい！　ありがとうございます！」

セシリアがセイバー・レイを鞘に収め、ペコリと礼をした。好《この》ましい反応だ。素直な者は伸びるからな。

「それにしても、何回か振っただけなのに、そこまでおわかりになるなんて……」

「これでも『剣聖』なのでな。セシリアが並々ならぬ努力をしてきたことはわかる。ここまでの腕になるには、相当な時間がかかっただろう」

「はい。大変でしたし、つらいときもありました。けど、どうしても一流の魔剣士になりたかったんです」

セシリアの微笑みは穏やかだったが、瞳には確固たる意思が灯っていた。なにがなんでも目標を達成してみせるという、野心が。

セシリアほど迷いなく進める一七歳はそういない。なにか理由があるように思える。

セシリアの瞳を見つめ返し、俺は口を開いた。

「セシリアは、一流の魔剣士になって成し遂げたいことがあるのだな？」

コクリとセシリアが首肯した。

「わたしは、デュラム家を上級貴族に戻したいんです」

「上級貴族？　戻す？」

もう一度、セシリアが頭を縦に振る。

「現代の貴族は、『最上級』・『上級』・『中級』・『下級』に分けられています。もともとデュラム家は上級貴族だったのですが、社会への貢献《こうけん》が足りず、下級貴族に降格されてしまったんです」

「社会への貢献度合いで地位が上下するのか？」

「はい。『高貴なる者の務め《ノブレス・オブリージュ》』という制度によって」

「『高貴なる者の務め』とは？」

「社会に貢献した者や家系に、貴族位の授与と地位の昇格を行い、長く貢献していない貴族に、貴族位の剥奪《はくだつ》や地位の降格を行う制度のことです。『様々な特権を持っている分、貴族は社会に貢献すべき』という考えですね」

「俺が持つ貴族の像《ぞう》とは大分《だいぶ》違うな。二〇〇年前の貴族は、そのほとんどが特権にあぐらを掻いていたが」

「そういった貴族の腐敗を打破《だは》するため、設けられた制度だと聞いています。なんでも、『賢者』フィーア＝ホークヴァン様が提唱されたのだとか」

俺は唸《うな》るほかなかった。

位《くらい》を剥奪されるとなれば、貴族は威張《いば》り散らしていられない。逆に平民は、貴族を目指して社会への貢献を考える。結果、社会はより発展していくということか。

流石《さすが》だな、フィーア。きみはやはり聡明《そうめい》だ。

内心《ないしん》で友を賞賛するなか、セシリアの話は続く。

「貴族となったデュラム家も、社会に貢献するため、『クルセイダーズ』というモンスター討伐サークルを結成しました。ロラン様がリーダーとなり、世界中から強者《つわもの》が集まったと聞きます」

けれど――

セシリアがさみしそうに眉を下げた。

「ロラン様が亡くなられてから、クルセイダーズは瓦解《がかい》しました」

「新たなリーダーでは、巨大化したサークルをまとめきれなかったのだな」

陰のある表情でセシリアが頷く。

「クルセイダーズ内ではいくつかの派閥があったらしく、それらの派閥が新しいサークルを立ち上げたそうです。ほとんどのメンバーは、クルセイダーズを離れてしまいました」

「結果、クルセイダーズはモンスター討伐サークルとして充分に機能せず、デュラム家は降格されてしまったというわけか」

「はい……」

セシリアがうつむいた。

悲しい話だが仕方ないだろう。ロランがカリスマ過ぎて、二代目のリーダーには荷が重かったのだ。

強者は強者に惹《ひ》かれる。己より強い者についていく。換言《かんげん》すれば、己より弱い者の言うことなど、強者は聞きたくないということだ。離れていったメンバーは、ロランの後釜《あとがま》をリーダーとは認められなかったのだろう。

はじめてデュラム家を訪《こ》れ《こ》たとき、周りの邸宅より小さいと思った。ロランとマリーの偉業《いぎょう》に対して不十分だと感じた。

だが、デュラム家はもとから小さかったのではない。降格された結果なのだ。

「ですが――いえ、だからこそ、わたしは決めました」

セシリアがうつむいていた顔を上げる。その顔に陰りはなく、凜《りん》として力強かった。

「わたしはクルセイダーズを再び活気づかせます！　一流の魔剣士になって、みんながついてくるリーダーになります！　そして、デュラム家を昇格させるんです！　上級貴族に戻し、ゆくゆくは最上級貴族にしてみせます！　わたしは、デュラム家に生まれたことを誇りに思っていますから！」

強い子だ。優しい子だ。眩しい子だ。

喜べ、ロラン、マリー。お前たちの子孫は、お前たちに負けないほど気高いぞ。

「……それに、わたしをわたしとして認めてほしいですから」

俺が心を揺さぶられるなか、セシリアがポツリと呟《つぶや》いた。凜々しく力強い顔つきは、いつの間《ま》にか自嘲《じちょう》するような笑みに変わっている。

いまの言葉はどういう意味だ？

尋ねようとすると、それより先にセシリアが頼んできた。

「イサム様。よろしければ、わたしに武技を教えていただけないでしょうか？」

「強くなるためか？」

「はい」

「武技の修得は容易《たやす》くないぞ？　いいのか？」

一瞬の迷いもなく、セシリアは頷いた。

「できることは、なんでもしたいんです」

エメラルドの双眸《そうぼう》が俺を真っ直ぐ見つめる。

このような目をされて、どうして断れようか？

俺は、ふ、と笑んだ。

「承《うけたまわ》った。今日より俺は、きみの師となろう」

「ありがとうございます！」

太陽のように顔を煌《きら》めかせ、セシリアが頭を下げた。

「ご指導《しどう》ご鞭撻《べんたつ》のほど、お願いします、先生！」


「では、武技の修得をはじめるか」

「はい！」

　セシリアの元気な返事が庭に響く。

　鞘に収めたセイバー・レイは、芝生《しばふ》に横たえられていた。

「まずは己の体に流れる魂力を把握するところからだ。そのために『調息《ちょうそく》』をする」

「調息とはなんですか？」

「武技の基礎。魂力を認識し、練り上げる術《すべ》だ。手本を見せよう」

　俺は静かにまぶたを閉じた。

「一〇秒かけてゆっくり息を吸い、一〇秒かけてゆっくり息を吐く」

　長く深く呼吸しながら、説明を続ける。

「息を吸うとき、流れている魂力がへその下──丹田《たんでん》に集まり、息を吐くとき、丹田に集まっていた魂力が、全身へと戻っていく様《さま》をイメージするのだ。これを繰り返し、己の魂力を認識する」

　セシリアは一言も発さず、俺の説明を傾聴《けいちょう》していた。

「認識できれば、丹田で魂力を練《ね》ることも可能だ。そして練った魂力を、望む部位に送り込み、まとう」

　丹田で練った魂力を、表皮に張り巡らせる。

　俺の全身を魂力の膜《まく》が包んだ。膜は薄いが、その密度は高い。たとえ魔法の集中砲火を受けても、俺の体には傷ひとつつかないだろう。

「これが調息。武技を扱う第一段階だ」

「実際にいま、イサム様は魂力をまとっているのですか？」

「ああ」

答えると、セシリアは自分の胸元をキュッと握った。衣服に皺《しわ》ができる。

「なんだか息苦しい感じがします。あと、背筋がゾワゾワするような……」

「まことか！」

俺は目を丸くした。

「それは本能的に俺の魂力を恐れている証拠だ」

「イサム様の魂力を感じ取っているということですか？」

「ああ。調息をしていないのに魂力を捉えるなど、驚嘆《きょうたん》に値《あたい》する。セシリアには武技の素質があるようだな」

「本当ですか!?」

瞳を煌めかせるセシリアに首肯しながら、俺は内心に汗を掻く。

『素質がある』では足りないほどだ。調息は、感じ取れない魂力を感じ取れるようにする術《すべ》。人間は本来、魂力を感じ取れないのだ。

だがセシリアは、すでに魂力を感じ取っている。センスとしか言い様がない。

天才。いや、鬼才と表現するべきか。素質だけなら俺を超えているかもしれん。これは期待が持てる。

畏怖《いふ》すべき才能に出会い、俺の心は震えていた。

「次はセシリアの番だ。やり方はわかったな？」

「はい！」

セシリアが力強く頷き、まぶたを伏せた。

ゆっくりと呼吸するセシリア。その呼吸に合わせて、豊かな胸が上下する。

そよ風が吹き、ゴールデンブロンドの髪を撫でていく。セシリアは構うことなく呼吸に集中した。

俺は愕然《がくぜん》とする。セシリアの体を流れる魂力が、丹田に集まっていたからだ。

唇が笑みを描くのを感じながら、俺はセシリアに尋ねる。

「どうだ？　魂力の流れはわかるか？」

「なんとなくですが、おへそを中心にした脈が、全身に張り巡らされているような感じがします」

決まりだ。セシリアは逸材《いつざい》だ。

魂力の認識には、才ある者でも一週間はかかる。それを、セシリアはたった一日。はじめての調息で成し遂げた。

素晴らしい。最高の弟子ではないか。きみの師匠になれたことが誇らしいぞ、セシリア。

胸中で歓喜が沸《わ》き立つなか、俺はセシリアの頭に手を置く。

セシリアがまぶたを開けて、キョトンとした顔で俺を見上げた。

「第一段階は終了だ」

「えっ？　もう、ですか？」

「誇っていい。きみは才に溢れている。次の段階に入ろう」

セシリアが目をパチクリさせる。徐々《じょじょ》に理解が追いついてきたのか、セシリアの口元がほころんでいった。

「はいっ！」

眩《まばゆ》いばかりの笑顔を咲かせ、セシリアが返事をした。

優しく頭を撫でると、セシリアは心地よさそうに目を細める。愛《う》いやつ、愛《う》いやつ。

最後にポンポンと労《ねぎら》って、セシリアの頭から手をどけた。

「次は魂力を練り上げる段階だな」

俺は芝生に座り、あぐらを掻いた。隣を叩くと、俺の意を察し、セシリアも腰を下ろす。

「丹田に集めた魂力に集中する。俺の真似をするといい」

まぶたを伏せ、俺は調息をはじめる。

指示通りに俺の真似をしているのだろう。隣から、セシリアの呼吸音が聞こえてきた。

静かな時間だ。聞こえるのは、木々のさざめき、小鳥のさえずり、そして互いの呼吸音だけ。

不意にセシリアが、クスリと笑みをこぼした。

「どうした？」

「嬉しいんです。大恩人のイサム様に、師になっていただけたことが」

いじらしいことを言ってくれる。

「こら。呼吸に集中しろ」

髪をくしゃくしゃとかき混ぜるように、俺はセシリアの頭を撫でた。

注意しながらも、俺が浮かべるのは微笑みだ。

俺も同じだ、セシリア。きみの師になれて、俺は嬉しい。


それから一〇日が経った。

「じゃーん！」

朝食を終え、いつも通りセシリアの部屋に戻ってくると、ニコニコ顔のセシリアが、一対の衣服を手にして俺を迎えた。

白と赤を基調とした、上着とスカートだ。上着はシンプルながら洗練されたデザインで、ジェームズがよく着ている、ブレザーという種類のようだった。

「それは？」

「『魔導学校《まどうがっこう》』の制服です！」

えっへん！　と誇らしげにセシリアが胸を張る。

「魔導学校は、魔導具・魔導兵装を使って戦う『魔兵士《まへいし》』や、魔導具・魔導機構の開発・修繕を行う『魔技師《まぎし》』を育成する五年制の教育機関です。わたしが通っているのは、『賢者』

フィーア＝ホークヴァン様が創設された『ホークヴァン魔導学校』で、これはそこの制服なんです」

「いろいろなところでフィーアの名が出てくるな。相当活躍したようだ」

感心半分呆れ半分の心情で、俺は苦笑した。

「セシリアは魔剣士を目指しているから、魔兵士とやらに分類されるのか？」

「はい！　わたしは魔兵士科・魔剣士クラスの二年生です」

「そうか。頑張っているのだな」

俺が褒めると、セシリアはふにゃんと頬を緩《ゆる》める。

「いまは進学前の長期休暇で、三日後に新学期がはじまるんです。そのとき、制服姿をご覧に入れますね？」

セシリアはルンルンとご満悦《まんえつ》そうだ。俺に制服姿を披露《ひろう》できるのが、そんなにも嬉しいのだろうか？

大変愛らしいが、それはそれとして、ひとつ確認しなくてはならないことがある。

鼻歌を奏《かな》でながらクルクルと踊るセシリアに、俺は質問した。

「その魔導学校とやらには俺も通えるのか？」

「ほぇ？」

セシリアがピタリとダンスを止めた。

「イサム様は学生ではありませんから無理ですよ？」

「それは困ったことになった」

「どうしてですか？」

小首を傾《かし》げるセシリアに、俺は指摘する。

「セシリアが学校に行っているあいだ、俺たちは離ればなれになってしまうだろう？」

首を傾げた体勢で、セシリアがコチンと固まった。

魔力を生成できない俺は、セシリアがいないとまともな生活を送れない。セシリアが悪人に狙われていることもあるので、できる限り離れたくないのだ。

だが、学校がはじまってからはそうもいかない。俺とセシリアは共にいられなくなる。

かといって、セシリアに学校を休ませるわけにもいかぬ……どうしたものか？

ややあって、セシリアの体がプルプルと震えだした。

「そうです！　そうじゃないですか！　イサム様と離ればなれになっちゃうじゃないですか！　イサム様にお仕えできなくなっちゃうじゃないですか！　なにを浮かれてるんですか！　わたしのバカァ――――――ッ!!」

どうやら気づいていなかったらしい。セシリアがアワアワしながら制服を振り回した。セシリアには悪いが、面白可愛《おもしろかわい》らしい。

「どうしよう、どうしよう」とセシリアが部屋を忙《せわ》しなく歩きまわる。解決策を探すため、俺も黙考《もっこう》する。

「あっ！」

と、なにかを閃いたようにセシリアが声を上げた。

「解決策を見つけたか？」

俺が訊くと、セシリアはハッとした顔をして、首をブンブンと横に振る。

「い、いえ！　なんでもありません！」

なぜ回答を渋《しぶ》るのだろう？　なぜ誤魔化《ごまか》そうとしているのだろう？

気になって、俺はセシリアに詰め寄った。

「聞かせてくれ、セシリア」

「で、ですが、このアイデアには問題がありまして……！」

「それでも構わん。解決のヒントになるかもしれんしな」

俺が食い下がると、「むむむ……」とセシリアが唇をムニャムニャと波打たせ、観念《かんねん》したように息をついた。

「ホークヴァン魔導学校は貴族御用達《ごようたし》の魔導学校で、生徒には、執事・メイドを随伴《ずいはん》させることが許されているんです」

解決策そのものではないか。

俺は、「ならば」と人差し指を立てる。

「話は簡単だ。俺がセシリアの執事になればいい」

「ダメです！　そう仰《おっしゃ》るとわかっていたから言いたくなかったんです！」

制服を放り投げ、腕でバッテンを作りながら、セシリアが即却下《そくきゃっか》した。

バッサリと切り捨てられて、俺は少なからず傷つく。

「たしかに、俺に執事の経験はないので不安だとは思うが……」

「あっ！　い、いえ！　そのような不安はしてません！」

俺が肩を落としたからか、セシリアは慌てた様子でフォローしてきた。

俺は顔を上げ、目を瞬かせる。

「む？　では、なにが問題なのだ？」

「だってイサム様は、ご先祖様にとってもわたしにとっても恩人ですし、わたしのお師匠様でもありますし……」

叱《しか》られた仔犬のように、セシリアがシュンとする。

「それなのに、わたしがイサム様の主《あるじ》になるだなんて、おこがましいといいますか……」

俺は再び目をパチパチさせた。

なんだ、そのようなことか。そんなもの、なんの問題にもならんぞ。

「気にせずともいい。遠慮する必要もない」

「そ、そういうわけには……！」

「俺はセシリアに養われている立場だ。偉ぶれるはずがないし、そのつもりもない」

カラッと笑ってみせるが、それでもセシリアは躊躇《ためら》っているようだ。

いまだ頑《かたく》ななセシリアに、「それに」と俺は続ける。

「俺はセシリアの側《そば》にいたい。片時《かたとき》も離れたくないのだ。俺の生活云々《うんぬん》、セシリアが仕える

なぜならば、誓ったから。一生を賭《と》してセシリアを守ると誓ったから。セシリアとともに生きると誓ったから。

セシリアの頬が、ぽっ、と赤らんだ。

「それでもダメか？」

「あ……その……」

俺が見つめると、セシリアは照れたように視線を逸らし、ペコリと頭を下げた。

「では……よ、よろしくお願いします」

◆

ホークヴァン魔導学校の新学期がはじまる日がやってきた。

それでも日課は変わらない。朝日が差す庭で、俺とセシリアは木刀と木剣を打ち合わせていた。

「はあっ!!」

セシリアの木剣が縦横無尽《じゅうおうむじん》に振るわれる。上、右斜め下、左斜め上、突き——滑《なめ》らかに軌跡を連《つら》ね、襲いかかってくる。

俺は後ろに下がりながら、右へ左へ体を傾け、ときに木刀の先でいなし、剣戟《けんげき》の嵐を凌《しの》いだ。

セシリアが、ふっ！　と力強く息を吐き、さらなる猛攻のため木剣を振りかぶる。

刹那《せつな》、俺は攻勢に転じた。

「疾《し》っ！」

後《ご》の先《せん》をとる一文字の剣筋。コンパクトな動きで横薙ぎの一閃を放つ。

振りかぶった分、セシリアには隙《すき》ができている。そこを狙い澄《す》ました一撃だ。

セシリアに為《な》す術《すべ》はないだろう——ほんの少し前ならば。

セシリアの姿が忽然《こつぜん》と消えた。

否《いな》。消えたのではない。そう錯覚させるほどの速度で移動したのだ。

『疾風《はやて》』——脚に魂力を集め、速力を飛躍的《ひやくてき》に高める武技を用いて。

驚くべきことに、すでにセシリアは武技をひとつ修得していた。『天才』という表現でさえ失礼にあたるほどの、並外れた成長速度だ。

魔導車との併走が可能なほどの速度で、セシリアは俺の左側面に回り込んでいた。

「せぁあああっ!!」

雷電の如《ごと》き袈裟《けさ》斬り。

速い。鋭い。いい剣だ。

が、そう簡単にはやらせん。師が呆気《あっけ》なく敗れるなど、セシリアも望んでいないだろうしな。

セシリアの木剣が振り抜かれた。

空《くう》を切る。

そう。セシリアが斬ったのは虚空《こくう》だった。

俺はすでに飛び退《すさ》っている。セシリアと同じく疾風を用いたのだ。

セシリアが目を見開いて、しかし、気を取り直すように即座に眉をつり上げた。

セシリアのブーツが芝生を踏みしめる。その脚に魂力が集まった。再び疾風を使うつもりだ。

セシリアが地を蹴る。ゴールデンブロンドがたなびく。大気が斬り裂かれる。

高速の住人となったセシリアが、真正面から突っ込んできた。

狙い通りだ。

後退していた俺はピタリと停止して、木刀を突き出す。

「えっ!?」

セシリアが瞠目《どうもく》した。疾風からの停止は読めなかったのだろう。

俺がなにもしなくても、このままセシリアが突っ込んでくれれば、勝手に自滅してくれる。

セシリアが歯噛みして急ブレーキを踏んだ。

が、疾風による速度を殺しきれず、体勢を崩して前につんのめってしまう。

「きゃうっ!」

可愛らしい悲鳴とともに、セシリアが芝生に倒れた。

俺は木刀で、セシリアの頭をコツンと軽く叩く。

「勝負あり、だな」

「あぅ……参りました」

セシリアが顔を上げる。盛大にこけたのが恥ずかしいのか、その顔はリンゴほどに赤くなっていた。

俺は苦笑し、腰をかがめて手を差し伸べる。

「前にも言ったように、セシリアの剣はよくも悪くも真っ直ぐだ。迷いがないのはよいことだが、それだけではいけない」

「意地悪になるべきと、教えていただきましたしね」

「そうだ。そのひとつとして、『虚《きょ》を衝《つ》く』という手段がある」

「虚を衝く……」

セシリアが手を取り、俺のアドバイスを反芻《はんすう》する。

俺は「ああ」と頷きながらセシリアの手を引いた。

「セシリアの袈裟斬りを避けたとき、俺は疾風を用いて後退したが、あれは誘い。即《すなわ》ち、罠だったのだ」

「イサム様は、わたしが追いかけてくるように誘導したのですか？」

「ああ。剣士は相手に近づかなければ戦えない。距離をとられたら、詰めたくなるものだからな」

続ける。

「俺はセシリアが距離を詰めてくると踏んだ。だから急停止してカウンターを見舞った。俺の狙いを読めなかったセシリアは、予想だにしなかった一手に動揺してしまった。これが『虚を衝く』効果だ」

「なるほど。たしかに意地悪ですね」

「そうだ。勝負とは非情なものなのだ」

立ち上がったセシリアと顔を見合わせ、俺たちはクスクスと笑う。

敗れたとは思えないほどの清々《すがすが》しさで、セシリアが頭を下げた。

「ありがとうございます。勉強になりました」

『素直さ』は、教えを吸収する才能だ。

セシリアは強くなる。俺はそう確信した。


「なんと立派《りっぱ》な……！」

校門に立つ俺は、視界に映る光景に驚嘆した。

堂々《どうどう》とそびえ立つ、六階建ての校舎。

右に広大なグラウンド。左には、ガレー船がすっぽり収まりそうなほど巨大な工房。

敷地は王城のそれよりも広そうだ。

ラミア中央部にある、ミロス王国最大最高の魔導学校——ホークヴァン魔導学校の全容は、壮観《そうかん》の一言だった。

驚きに打ち震える俺を見て、隣にいるセシリアがクスクスと笑みをこぼす。

「二〇〇年前はここまでの学び舎《や》はなかった。うっかりしていたら迷子になってしまいそうだ」

「ふふっ。大丈夫です。わたしが側にいますから」

魔剣セイバー・レイを背負い、学生服に身を包んだセシリアが、ドンと胸を叩く。その胸元につけられたワッペンには、剣を模《も》したマークとともに『2－S』と表記されていた。

「セシリアはSクラスだったな」

「はい！　入学当初はBクラスだったんですけど、頑張りました！」

「適切な評価だ。セシリアほどの腕を持つ者は、なかなかいないからな」

「ありがとうございます！」

セシリアが、ニヘー、と相好《そうごう》を崩す。頭を撫でたくなるほど愛らしい。

ホークヴァン魔導学校のクラスは、生徒の実力別にS～Dの五段階に分けられており、セシリアは最上位のSクラスらしい。

現代の者の実力を詳しくは知らないが、二〇〇年前の基準で測ると、セシリアの剣の腕前は同年代のそれを凌駕《りょうが》している。評価されて当然だ。

セシリアの努力のたまものだな。師として誇らしいぞ。

「うむうむ」と頷いていると、セシリアがジッと俺を見つめ、格好を褒めてきた。

「イサム様の正装、とても似合っています」

俺が着ているのは黒い執事服だ。普段は楽な格好をしているため、少々落ち着かない。

「カッチリした服装ははじめてだが、問題ないか？」

「はい！　ちゃんと着こなしています！」

「それはよかった。セシリアも似合っているぞ」

「え？　あ、ありがとうございます」

制服姿を褒め返すと、セシリアの顔が赤く染まった。

ゴールデンブロンドをソワソワと弄《いじ》るセシリアは、口元が緩むのを堪《こら》えているように見える。

俺は首を傾げた。

セシリアの執事になると宣言した日からだろうか？　時折《ときおり》、照れているような、浮かれているような、そんな反応をセシリアが見せるようになった。

たしか、『片時も離れたくない』と俺が告げたときも、セシリアは頬を赤らめていたな。なぜだろうか？

「うーむ……」としばし考え——諦めた。

わからぬものに頭を割《さ》いても無駄だな。考えても答えがでないのだから仕方ない。

思考を放棄《ほうき》して、俺はセシリアに手を差し伸べた。

「では、参りましょうか、お嬢様」

冗談めかして言うと、セシリアの頬がますます赤くなった。

なぜだ。

始業式は、校門の反対側にある講堂で行われるらしい。

俺はセシリアとともに校舎の廊下を進み、講堂を目指していた。執事らしく、セシリアの斜め後ろに位置取るよう注意しながら。

しばらく歩くと、前方から生徒の集団がやってきた。生徒たちは談笑《だんしょう》しており、その中心にはひとりの男子生徒がいる。二〇代手前と思《おぼ》しき青年だ。

青年は中肉の長身で、セミショートの灰色髪と、紫のつり目をしている。

腰には茶色いケースが下げられており、そこから白い取っ手が覗いていた。魔導兵装の一種『魔銃《まじゅう》』と、それをしまうホルスターという道具だろうか？

朗《ほが》らかな表情を浮かべる青年に、周りの生徒たちは積極的に話しかけている。随分《ずいぶん》と慕《した》われているようだ。

俺とセシリアに青年が気づいた。周りの生徒たちを手振りで止め、こちらに笑顔を向けてくる。

「やあ、セシリアくん」

「……おはようございます、先輩」

セシリアが足を止め、礼とともに挨拶を返した。

青年が寄ってくるなか、俺はこっそりとセシリアに訊く。

「知り合いか、セシリア？」

「一応、そうなります。彼はケニー＝ホークヴァン先輩。ホークヴァン分家のご子息で、この学校の四回生。魔兵士科・魔銃士Sクラスの生徒です」

「ホークヴァン――フィーアの子孫か」

友の子孫との遭遇《そうぐう》。喜ばしいことだが、いまはそれよりも気になることがあった。

セシリアが気落ちしている？

眉が下がり、顔がかすかにうつむいている。いつも明るいセシリアにしては珍しい表情だ。

どうしたのだろうか？

「ほう？　きみは今年もSクラスなんだね？」

怪訝《けげん》に思っているあいだに、ケニーはセシリアの目前まで来ていた。

ケニーがセシリアの胸のプレートに目をやり――口端《くちは》を意地悪そうに歪めた。

「親の七光りに過ぎないくせに」

ちょうど後ろの生徒たちに聞こえないほどの声量で、ケニーがセシリアをけなす。

セシリアが唇を引き結び、スカートをキュッと握った。

「まったくもって不愉快だよ。きみ程度の凡人がSクラスだなんて。教師たちの目は曇っていると思わないかい？　所詮《しょせん》、きみが評価されているのは、『勇者』と『聖女』の子孫だからさ」

強く握りしめているからだろう。セシリアの手は白く、体は悔しさからか震えている。

「ほら？　なんとか言ってみなよ？　それでも『勇者』と『聖女』の子孫か？　この臆病者《おくびょうもの》」

ケニーが煽《あお》るがセシリアは言い返さない。いや、言い返せないのだ。

ケニーの言葉は後ろの生徒たちに聞こえていない。ここで下手《へた》に言い返せば、セシリアが悪者にされてしまう。それがわかっているからこそ、ケニーはセシリアを挑発しているのだ。

ふと俺は思い出した。

セシリアが夢を語ってくれた日のことだ。

セシリアは一流の魔剣士になり、デュラム家の地位を上げたいと話していた。

その際、ポツリとこぼした言葉がある。


……それに、わたしをわたしとして認めてほしいですから。

あのときは言葉の意味がわからなかったが、いまならばわかる。

――所詮、きみが評価されているのは、『勇者』と『聖女』の子孫だからさ。


いまこそSクラスだが、入学当初、セシリアはBクラスだったらしい。

ケニーだけでなく、ほかの者たちからも嘲《あざけ》られてきたのだろう。色眼鏡《いろめがね》で見られてきたのだろう。

セシリアがBクラスから上り詰められたのは、贔屓《ひいき》されたからだと。

だからこそ、セシリアは『「勇者」と「聖女」の子孫』ではなく、『セシリア＝デュラム』として見られたいのだ。一個人として自分を認めてほしいのだ。

悔しげなセシリアの表情に、俺の胸が締め付けられる。

その折、ケニーの背後からひとりのメイドが近づいてきた。

長身細身。藍色のショートヘアと、切れ長の青い目を持っており、年齢は二〇代半ばと思われる。おそらく、ケニーの従者だろう。

「ケニー様。お戯《たわむ》れはほどほどに――」

「なんだ、ルカ？」

ルカという名前らしいメイドに、ケニーが冷え冷えとした目を向けた。

「僕に指図《さしず》する気か？」

「――っ！　いえ、申し訳ありません……」

ビクリと肩を跳ねさせて、ルカが一歩下がる。明らかにケニーに怯《おび》えている様子だ。どうやら手ひどく扱われているらしい。

ふん、とつまらなそうに息をつくケニーに、俺は落胆《らくたん》した。

友たちの子孫が、皆《みな》、セシリアのような善人とは限らないのだな。なかには、ケニーのような見下げ果てた者もいるようだ。

聡明だったフィーアの子孫が、このような小狡《こずる》い悪党とは……なんとも嘆《なげ》かわしいものだな。

「Sクラスの称号は、僕のような選ばれし者にこそ相応《ふさわ》しいのさ。そうだろう？　ホークヴァン家は最上級貴族。落ちぶれたデュラム家とは違うんだよ」

俺が嘆息《たんそく》するなか、ケニーによる侮辱《ぶじょく》は続く。

「デュラム家に未来はないね。終わりだよ、終わり。魔王を討伐したことでもてはやされたようだけど、きみ程度の子孫しか残せないんだから、『勇者』も『聖女』もたいしたことないね」

ケニーがニタリといやらしく笑った。

俺は心のなかで謝罪する。

我慢していたのにすまんな、セシリア。

きみの子孫なのにすまんな、フィーア。

許してくれ。

流石にいまのは許せんのだ。


「うるさいぞ、小者《こもの》」


思った以上に低く重い声が出た。

ケニーが息をのむ。

ルカの顔が青ざめる。

ケニーの背後にいる生徒たちが身震いする。

俺の全身から立ち上る威圧感に、辺りが静まり返った。

コツン、と靴で床を鳴らし、俺はセシリアの前に出る。

「イサム、様？」

俺の変貌《へんぼう》に、セシリアが目を丸くしていた。

俺はゆっくりとケニーに近づいていく。

「『勇者』も『聖女』もたいしたことない。そう言ったな？」

「あ……ぅ……」

コツン
「貴様は知らぬようだな。『勇者』と『聖女』がどれほどの艱難辛苦《かんなんしんく》を乗り越えてきたか」

「ひ……ぃ……」

コツン
「『賢者』は尊敬していたぞ。この世界を守るため、命を懸《か》けた『勇者』と『聖女』を」

「か……か……」

コツン
「『勇者』と『聖女』を貶《けな》すことは、彼らを尊敬した『賢者』をも貶すことになる」

「は……っ……」

コツン
「貴様は貶したのだ。『勇者』を、『聖女』を、『賢者』を」

……コツン

ケニーの目前《もくぜん》に来た。

ケニーはカチカチと歯を鳴らし、ガタガタと震え、縫《ぬ》い付けられたように立ちすくんでいた。

まるで、獅子《しし》に牙を剥《む》かれているかの如く。

「我が友たちを貶す者は、友の子孫であろうと許さん」

「ひぃっ!!」

顔を脂汗《あぶらあせ》まみれにして、ケニーが尻餅をつく。

静かな廊下に、過呼吸《かこきゅう》気味のケニーの息遣《づか》いだけが聞こえていた。

生徒たちはなにが起きたのかわからずに佇《たたず》んでいる。

俺は喝破《かっぱ》した。

「そのように性根《しょうね》が腐っているから見誤《みあやま》るのだ！　セシリアの評価が間違っている？　たわけたことを！」

ケニーがパクパクと口を開閉する。

「セシリアの評価は、たゆまぬ努力のすえ勝ち取ったものだ！　ほかの誰でもない、セシリア自身の手でつかんだものだ！」

「イサム様……」

セシリアの感じ入ったような声が聞こえた。

「恥を知れ、痴《し》れ者《もの》！　貴様にセシリアを評する資格などない!!」

ケニーは全身をわななかせ、視線を泳がせる。

やがて、ギリッと歯を軋《きし》らせて、ケニーが震える唇を開いた。

「しっ、執事のしつけが、なっていないね、セシリアくん！」

青白い顔で、見るからに怯えきった様子で、それでもケニーが強がる。

「い、いきなり相手を脅《おど》すなんて！　ど、どど、どういう教育を、しているのかな!?」

なるほど。俺を加害者に仕立て上げることで、周りの生徒たちを味方に引き込もうとしているのか。あくどい真似を。

「ま、まったく！　こんな、し、しつ、失礼な男は、はじめて見たよ！　たた、手綱《たづな》は、しっかりと握っていてほしいものだね！」

「……いま、なんと言いました？」

背後から静かな、しかし、明らかな怒りを孕《はら》んだ声がした。

「イサム様を失礼な男と、そう言ったんですか？」

ゴールデンブロンドを揺らし、セシリアが俺の隣に並び立つ。

「わたしがバカにされるだけなら構いません。ですが、恩人をバカにされては黙っていられません」

セシリアが言い放った。

「あなた如きが、イサム様をバカにしないでください！」

「――――っ!!」

青白かったケニーの顔が、一瞬で憤怒《ふんど》に染まる。

「調子に乗るなよ、七光り風情《ふぜい》が！　こんな侮辱ははじめてだ！」

「いままであなたにされてきた侮辱に比べれば、軽すぎるくらいです！」

「僕は事実を口にしていただけだ！　否定したいなら証明してみせろ！」

怒りのあまり猫を被ることを忘れたのだろう。ケニーは本性をむき出しにして怒鳴り散らした。

ケニーがセシリアに指を突きつける。

「僕と模擬戦《もぎせん》をしようじゃないか、セシリアくん！」

俺たちのやり取りを見守っていた生徒たちがざわつく。

「さっきからなにが起きてんだ？　脅したとか侮辱したとか」

「あんなケニーさん、はじめて見たわ……」

「ケニーさんとセシリアさんがいがみ合ってるってこと？」

「二回生と四回生の模擬戦？　そんなの結果は決まってるだろ」

ケニーがニヤリと口端《くちは》を歪める。

「逃げたければ逃げるといい。いまなら、僕を侮辱したことも許してあげようじゃないか」

「誰が逃げるものですか！」

セシリアがケニーに指を突きつけ返した。

「受けて立ちます！　あなたにだけは負けません！」

ケニーとの模擬戦は、始業式のあとに行われることになった。場所は学校の敷地内にある演習場だ。

演習場は円形で、直径一キロという巨大な建物だった。

演習を行う舞台には屋根がなく、すり鉢状になっている。くぼんだ場所、隆起《りゅうき》している場所、斜面、段、崖《がけ》などがある、岩場を模した造りだ。

始業式を終えた俺とセシリア、ケニーとルカは演習場に移動し、それぞれ指定された位置についた。ちなみに、相手側のスタート地点は互いに知らされていない。

「それでは、『ケニー＝ホークヴァン・ルカ＝スチュアート』ペアと、『セシリア＝デュラム・イサム』ペアの模擬戦を開始します」

演習場外周：南部に立つ教員が、模擬戦開始の合図を出した。

この演習場は巨大な魔導具になっており、教員が立っている位置に設けられた台座に魔力を送ることで、術式を発動できるらしい。

その術式は障壁魔法《しょうへきまほう》。一定以上のダメージに反応し、演習場のなかにいる者を守るものだ。

この障壁魔法の発動が、脱落の印になる。

参加者は障壁魔法が発動したら退場。両方が退場したらそのペアは敗北——それが模擬戦のルールだ。

「行くか、セシリア」

「はい！」

まずは相手を探さねばならない。模擬戦開始と同時に、俺とセシリアは探索《たんさく》を開始した。

俺は刀を、セシリアはセイバー・レイを手にし、周りを警戒しながら慎重《しんちょう》に進んでいく。

「……あの、イサム様」

しばらく歩くと、隣のセシリアが話しかけてきた。見ると、セシリアは沈んだ表情をしている。

「いまさらになりますが、申し訳ありません」

「なにがだ？」

「ホークヴァン先輩との諍《いさか》いに巻き込んでしまったことです」

しょんぼりと、セシリアが肩をすぼめる。

「わたしがホークヴァン先輩の挑発に乗ってしまったせいで、なんの関係もないイサム様が巻きこまれてしまいました。なんとお詫《わ》びしたらいいか……」

「気にせずともいい」

俺は首を横に振り、苦笑した。

「俺のほうこそすまぬ。波風《なみかぜ》を立てぬようセシリアが我慢していたにもかかわらず、ケニーに詰め寄ってしまった」

「い、いえ！　イサム様が謝る必要なんてありません！　イサム様はわたしのために怒ってくれたんですから！」

「なら、セシリアも謝る必要はないな」

「ふぇ？」

セシリアがポカンとする。

俺はからっと明るい顔をした。

「セシリアも俺のために怒ってくれたのだろう？　俺が侮辱されて許せなかったのだろう？　だから、ケニーの挑発に乗ってしまったのだろう？」

「あ……」

「ならば謝らずともいい。むしろ礼を言いたいくらいだ」

セシリアは目をパチクリさせて、クスリと笑みをこぼす。

「そうですね。わたしも、イサム様が怒ってくれて嬉しかったです」

「うむ！　互いが互いのためを思って怒ったのだ」

「はい！」と頷くセシリアの表情は、晴れていた。悔いも迷いも消えていた。

よかった。元気づけられたようだ。

安堵《あんど》の息をつき、俺は気合《きあい》を入れ直す。

あとは勝つだけだ。セシリアの実力を見せつけるだけだ。それにはまず、相手を知ることからだな。

戦闘のほうに思考を戻しながら、俺はセシリアに尋ねる。

「セシリア。ケニーはどれほどの実力だ？」

「一言で表せば、天才です」

俺と同じく顔つきを引き締め、セシリアが答えた。

「ホークヴァン先輩は、魔銃に加えて『魔精《ませい》』を二体も操れますから」

「『魔精』？　それはなんだ？」

「魔導兵装のひとつです。遠隔操縦《えんかくそうじゅう》が可能な、走行・飛行・遊泳する魔法体、といったところでしょうか」

「ふむ。召喚獣のようなものか」

コクリと首肯して、セシリアが続ける。

「魔導兵装を扱うには、魔力出力・魔力指向性の制御が必要で、複数用《もち》いるとなると難度が跳ね上がります。右手と左手で別の動きをするように」

それなのに、

「ホークヴァン先輩は、三つ同時に魔導兵装を操ります。そんなことができるのは、この学校の生徒では彼だけです」

「性格はねじ曲がっているが、実力は本物か」

セシリアの話を聞き、俺は確信した。

「気をつけねばならん。ケニーはなにか企《たくら》んでいる」

「企み、ですか？」

小首を傾げるセシリアに、俺は問いかける。

「セシリアは二回生、ケニーは四回生。常識的に考えると、実力が上なのはどちらだ？」

「ホークヴァン先輩です。彼はわたしより二年多く学んでいるんですから」

「その通り。ケニーもそう思っていることだろう」

「ならば」と、俺は眼差しを鋭くした。

「なぜケニーは、セシリアとの一対一ではなく、俺とルカを参加させたペア戦にしたのだ？」

セシリアがハッとする。俺の言いたいことを察したようだ。

ケニーからルールを指定されたときからおかしいと思っていた。

ケニーは実力者、かつ、セシリアを見下している。少なくとも、一対一で負けるとは考えていないだろう。

それなのに、ケニーはペア戦を望んだ。

ケニーにとって俺の実力は未知数。いや、俺の威圧感を肌で感じたのだから、自分より格上と判断している可能性が高い。

俺を参加させることは、ケニーからしたらデメリットでしかない。勝てる（と思っている）勝負を不確定にする行為なのだから。

だとしたら——

「ケニーには狙いがあるのだ」

「わたしとの一対一よりも確実に、勝利を収める算段《さんだん》があるということですか？」

「ああ。警戒して足りんことはない」

険しい顔つきでセシリアが頷いた。

風の刃が飛来したのは、そのときだ。

風の刃は、斜め左前にある岩陰から突如として現れた、薄緑色の翼を持つ鳥のような物体から放たれたものだ。

鳥のような物体は、『Y』字型の機器を中心に形成されていた。『Y』字型の機器には魔石が埋め込まれている。

「魔精『ウイング・ウインド』！」

セシリアが声を上げた。なるほど、あれが魔精か。

「回避だ、セシリア！」

「はい！」

俺たちは即座に対応した。

左右に分かれて跳び、風の刃を回避する。直後、風の刃が地面をえぐり、砂煙《すなけむり》が立ち上った。

着地した俺に新たな脅威《きょうい》が襲いかかってくる。上空から、二体目の魔精が降下してきたのだ。

一体目の魔精とまったく同じ姿形《すがたかたち》。あれもウイング・ウインドという魔精なのだろう。

二体目のウイング・ウインドが、風の刃を放つ。

問題ない。

俺は、タンッ、タンッ、と軽やかにステップを踏み、次々と放たれる風の刃をことごとく避けた。

敵襲は続く。

一体目のウイング・ウインドが隠れていた岩陰から、セシリアを狙って氷の棘《とげ》が射出されたのだ。

氷の棘がセシリアを襲う。

対し、セシリアはセイバー・レイを逆袈裟《ぎやくげさ》に振るった。

「はあっ！」

セイバー・レイは狙い違《たが》わず氷の棘を断ち斬る。セシリアは無傷だ。

氷の棘が放たれた岩陰から、「ちっ」と舌打ちが聞こえた。

「凄いだか！　生意気《なまいき》な奴め！」

岩陰に隠れていたのはケニーだ。

ケニーは苛立《いらだ》ちに顔を歪め、岩陰から飛び出す。その手に持つのは白い魔導兵装。鋭い突起が銃口の下にある、魔銃だった。

ケニーが魔銃をセシリアに向ける。

同時に、セシリアがケニー目がけて駆けだした。

「一気に行かせてもらいます！」

「ほざけ、凡人！」

ケニーが氷の棘を乱射する。

セシリアがセイバー・レイを振るい、氷の棘を薙ぎ払っていく。

ケニーとセシリアの距離は見る見るうちに縮まっていった。あと一〇歩踏めば、セシリアの剣はケニーに届くだろう。

ケニーは焦《あせ》りに頬をひくつかせ――

「なんてね」

雷光。

どこからか放たれた雷の槍が、セシリアの側頭部に迫る。

セシリアが瞠目《どうもく》し、ケニーがいやらしく口端《くちは》を歪めた。

セシリアの頭が撃ち抜かれる――寸前。

「破《は》あっ!!」

俺の袈裟斬りが、雷槍《らいそう》を断《た》った。

消滅する雷槍。

「…………は？」

その光景を目にしたケニーは、ポカンと口を開けて呆然と立ち尽くす。なにが起きたのかわかっていない様子だ。

俺は、ふぅ、と息をついた。

「大丈夫か、セシリア？」

「は、はい……」

奇襲を察知できなかったことを気に病《や》んでいるのだろう。セシリアが眉を下げる。

「すみません、油断しました」

「気にするな」

俺は雷槍が飛んできた方向を見据える。

「これはペア戦。こちらもあちらもふたりで戦っているのだから」

遠く遠く、演習場の端《はし》。崖の上に位置取ったルカが、こちらに銃口を向けたまま唖然《あぜん》としていた。

ケニーたちが狙っていたのはこれか。

俺は悟った。

俺とセシリアの注意をケニーが引きつけ、ルカがどちらかを狙撃《そげき》する。俺たちはどちらかが脱落し、結果的に完成するのは二対一の状況——ケニーたちが有利な状況だ。

ケニーがペア戦を望んだのは、ルカによる不意打ちを仕掛けるためだったのだ。

「な、なんだ……いまの動きは」

ケニーがわなわなと身を震わせる。

「あれだけ距離が離れていたんだ、助けにいけるはずが……そもそも、な、なぜ、魔法を打ち消せる？」

ダラダラと冷や汗を流すケニーを無視して、俺はセシリアを見つめた。

「落ち込まずともいい。反省して糧《かて》にすればいい。それでも悔しければ、ここから挽回《ばんかい》すればいい」

ポン、とセシリアの肩を叩く。

「俺はルカを叩く。ケニーは任せた」

落ち込んでいたセシリアが、キッと眉を上げた。

「行けるな？」

「はい！」

頼もしい返事を耳にして、俺はルカがいる崖へと走り出した。

◆

「どうして!?　どうしてですか!?」

長い銃身を持つ魔銃を構えながら、ルカが青ざめた顔で叫んだ。

「どうして一発も当たらないのですか!?」

何発目ともわからない雷槍をルカが撃ち出す。

雷槍は風よりも速く飛ぶ。しかし、俺に当たることはなかった。命中する直前で、俺が体を傾けたからだ。

雷槍は目にもとまらぬ速度だ。だが俺は、雷槍の軌道も、ルカの予備動作も、いつ雷槍が射出されるかも、すべて見切っていた。

武技『審眼《しんがん》』。目に魂力を集め、視力・動体視力を強化する術。熟達《じゅくたつ》すれば、魔力・魂力の流れすらも見極《みきわ》められる。

当然ながら、俺の審眼は熟練《じゅくれん》の域《いき》だ。ルカがいくら雷槍を撃とうと、俺は完璧に対処できる。

ルカを焦らせているのは、雷槍が当たらないことだけではない。疾風を用いた俺が、高速で迫っていることも一因《いちいん》だった。

この速度で走ると、俺はあと二〇秒程度でルカのもとにたどり着く。ルカはそれまでに俺をなんとかしなければならない。

「くっ!!」とルカが歯噛みして、再び魔銃を構えた。

雷槍が射出される。狙いは俺の左脚だ。

タイミングと軌道を見切り、俺は右に跳んで回避する。

「そこです!」

直後、ルカが続けて引き金を絞った。

俺は「ほう」と感心する。

「誘導したか。いい腕だ」

ルカが俺の左脚を狙ったのは、撃ち抜くためではない。俺に右に跳ばせるためだ。

体の左側を狙われている状況で左に跳んだ場合、躱《かわ》しきれず右半身に当たる可能性がある。

跳ぶならば右だ。

そんな俺の考えをルカは読んでいた。

跳ぶ方向がわかっていれば、先《さき》んじて雷槍を撃つことが可能。そして宙にいる状態では、俺は身動きがとれない。

現状、俺は雷槍を避けられないのだ。

雷槍が一直線に迫ってくる。

しかし、俺は焦らなかった。

「疾《し》っ!!」

薙ぐ。斬る。消える。

俺の刀に雷槍が断たれ、霧散《むさん》した。

「――――っ!?」

ルカが絶句《ぜっく》する。無理もない。刀で魔法を斬るなど、まして打ち消すなど、本来は不可能なのだから。

だが、俺ならばできる。

すべての魔法には、魔力が集中する『要《かなめ》』が存在し、『要』を失えば、魔法は存在を保てなくなる。

俺はその『要』を断ったのだ。

審眼で魔力の『要』を見極め、魂力をまとわせた刀で斬ることで、魔力により発生した事象を打ち消す。

それが、俺独自《どくじ》の武技『破魔《はま》』だ。

雷槍は見切られる。隙を作っても破魔で打ち消される。

俺を倒す手段は、ルカにはない。

「ならばっ！」

それがわかったからだろう。ルカは俺に向けていた銃口を別の場所に向けた。

俺がもといた場所――現在、セシリアとケニーが戦っている場所に、だ。

俺を倒すことは敵わない。ならばせめて、セシリアを倒そうと考えたのだろう。

実力も判断力も申し分ない。ルカは優れた戦士だ。

だが、残念だな。

「俺から目をそらすのは致命的だぞ、ルカ」

俺は刀を突きつけた。
・・・・・・・・・
目の前にいる、ルカに。

「…………え？」

状況が飲み込めないのか、ルカが一切《いっさい》の動きを停止させた。

『縮地《しゅくち》』。足さばきにより重力を推進力に変え、そこに疾風を併《あわ》せることで、刹那のうちに距離を殺す術。破魔と同じく、俺が独自に編み出した武技だ。

先ほどルカの狙撃からセシリアを守った際も、俺は縮地を用いた。

即ち、縮地の速度は雷すら超える。

いまだ固まっているルカに、俺は訊いた。

「まだやるか？」

ルカの手から魔銃がこぼれ落ち、カシャン、と音を立てる。

ガクリと崩れ落ちたルカは、力なく首を横に振った。

「さて。あとは見守るだけだな」

俺は刀を鞘に戻す。

「……ここにいてよろしいのですか？　セシリア様の加勢に向かわれるべきではないでしょうか？」

打ちひしがれたようにうつむきながら、ルカが俺に尋ねてきた。

俺は口端《くちは》を上げる。

「行かないのではない。行ってはいけないのだ。セシリアは己の実力を示すために戦っている。己を『「勇者」と「聖女」の子孫』ではなく、『セシリア＝デュラム』として認めさせるために戦っているのだ」

セシリアとケニーが戦っている場所に目をやった。

射撃、剣戟、破砕、割断――戦場からは、砂煙と鳴動《めいどう》が絶えず上がっている。

「俺が加勢しては意味がない。これはセシリアの戦いなのだから」

「……セシリア様は、ケニー様に勝てませんよ？」

うつむいたまま、ルカがボソボソと忠告する。

「勝つさ」

俺は断言した。

ニッ、と歯を見せるように笑う。

「セシリアは、俺の自慢の弟子だからな」


風の刃が大気を裂く。

氷の棘が大地を砕く。

風と氷の猛攻。

わたし――セシリア＝デュラムは、片時も動きを止めず、ときにフェイントを織り交ぜ、それらを凌いでいく。

「ちょこまかと……！」

悪態《あくたい》をつくホークヴァン先輩は、わたしが風の刃を避けたタイミングを狙い、氷の棘を撃ち出した。

けれど、わたしには剣がある。

「はあっ!!」

軌道を見切り、セイバー・レイを一閃《いっせん》。氷の棘は真っ二つに割れ、わたしの背後にある岩に突き刺さった。

苛烈《かれつ》な戦闘のなか、わたしは思考をめぐらせる。

苛烈な戦闘だからこそ、冷静さを失わないよう努める。

ホークヴァン先輩と接敵《せってき》したときから気になっていることがあった。ホークヴァン先輩の魔銃が、いつも扱っているものと異なっていたことだ。

あの魔銃は見たことがないものです。わたしの知らない魔銃。おそらくは最新モデルなのでしょう。

ならばこそ、警戒しなくてはならない。あの魔銃の性能をわたしは知らないのだから。不確定要素は敗北の要因になるのだから。

しかし、守勢一択《しゅせいいったく》ではいつまで経っても勝てない。リスクを負ってでも攻勢に出るべきだ。

決断し、わたしはホークヴァン先輩へと駆けだした。

彼我《ひが》の差は目測で三〇メトロほど。

現状、優位なのは魔銃を――遠距離武器を用いているホークヴァン先輩だが、距離さえ詰めれば優劣は逆転する。接近戦に持ち込めれば、魔剣を――近距離武器を使用しているわたしに分《ぶ》がある。

相手も理解しているのだろう。ホークヴァン先輩はバック走で距離をとりながら、氷の棘でわたしを牽制《けんせい》してきた。

逃がさない。

わたしはセイバー・レイの一振りで氷の棘を薙ぎ払い、体を前傾《ぜんけい》させて速度を上げる。

縮まる距離に苛立ったのか、ホークヴァン先輩が顔をしかめた。

ホークヴァン先輩はバック走をやめ、わたしに背を向けて走り出した。バック走より前を向いて走るほうが、速度が出るからだろう。

けれど、前を向いた状態では、氷の棘による牽制はできません！

妨害《ぼうがい》がなくなったおかげで、相対的《そうたいてき》にわたしの速度は上がった。もともとの身体能力も、魔銃士クラスのホークヴァン先輩より魔剣士クラスのわたしのほうが上だ。

これなら——

「追いつける。そう思っただろう？」

ホークヴァン先輩が振り返り、ニヤリと口端《くちは》をつり上げる。

直後、わたしの斜め前にある岩陰からウイング・ウインドが現れ、風の刃を放ってきた。

ホークヴァン先輩はわたしから逃げながら、ウイング・ウインドを先回りさせていたらしい。

自分に意識を集め、ウイング・ウインドで不意打ちする。先ほどルカさんに行わせた奇襲を、ウイング・ウインドに代行させたのだ。

風の刃がわたしに迫る。

だけど、わたしは慌てない。

「そう簡単にはやられません！」

わたしはサイドステップを踏んで風の刃を躱した。

ルカさんによる狙撃で奇襲には懲りている。だから警戒していたのだ。

ホークヴァン先輩が逃げているあいだ、ウイング・ウインドからの攻撃はなかった。

なぜか？　わたしにウイング・ウインドの存在を失念《しつねん》させるためだ。

そう予想したわたしは、ホークヴァン先輩を追いかけながら、周りにも注意を払っていた。

今度こそ、奇襲に対応できるように。

イサム様が、反省して糧にするよう助言してくださいましたからね。

ルカさんのもとへ向かったイサム様を思い、わたしは笑みをこぼした。

風の刃を完璧に躱し、わたしはさらに速度を上げる。

影が差した。

わたしの頭上に二体目のウイング・ウインドがいるようだ。時間差で攻撃するつもりなのだろう。

ウイング・ウインドは二体いるのだから、奇襲役は一体ではない。当然、二体目もやってくる。

「ええ。そうでしょう」

読めていた。

だから、わたしは走る軌道を斜めにズラした。頭上から来る風の刃を避けるために。

ホークヴァン先輩に追いつくのも間もなくだ。あと五メトロで剣が届く。

ホークヴァン先輩が振り返る。

ホークヴァン先輩は、してやったりと言わんばかりの顔をしていた。

「やはり僕が上手《うわて》だったな！」

風の刃が地面に到達する。

風の刃はわたしに当たることはなかったが、代わりに地面をえぐり、砂煙を巻き起こした。

同時にホークヴァン先輩が、わたしの足元に目がけて氷の棘を撃ってくる。

「くっ！」

わたしは急ブレーキを余儀《よぎ》なくされた。

必然的に足が止まり、わたしは砂煙のなかに捕らわれてしまう。

わたしは悟った。

ホークヴァン先輩の真の狙いは、奇襲ではなく煙幕を張ることだったんですね！

視界を封じられた現状、不利なのはわたしだ。相手は遠距離武器の使い手。しかも、魔精が二体もいる。

どこから来るかわからない連続攻撃を、わたしは凌《しの》がなくてはならないのだ。

視覚には頼れません！　聴覚を研《と》ぎ澄《す》ませます！

まぶたを閉じ、わたしは意識を耳に集中させた。

先ほどまでの激闘が嘘のように、シン、と辺りが静まり返る。

「終わりだ!!」

ホークヴァン先輩が叫んだ。

即座にわたしは声がしたほうを向き――背後から風の刃が飛んできた。

わたしは息をのむ。

フェイクですか！

ホークヴァン先輩は、わたしが聴覚に頼るのを読んでいたらしい。だから、あえて大きな声を上げ、攻撃が来る方向を誤認《ごにん》させたのだ。

風の刃が砂煙を散らす。

わたしは右に跳び、飛来した風の刃をギリギリで躱した。

攻撃は終わらない。

着地した直後、二体目のウイング・ウインドが側面から風の刃を放つ。狙いは、わたしの上半身だ。

わたしは急いで身をかがめた。風の刃が頭上を通り過ぎ、わたしの髪の先を刈《か》る。

だが、ウイング・ウインドの連係攻撃で、わたしの体勢は崩れきっていた。

ホークヴァン先輩がそこを逃すはずがない。

「随分粘《ねば》ったね。褒めてあげるよ」

ホークヴァン先輩が魔銃を構える。

「けれど、所詮は凡人。僕の敵じゃない」

ホークヴァン先輩が引き金を絞り、氷の棘が射出された。

氷の棘が迫りくる。

体勢を崩したわたしには、セイバー・レイを振ることができない。回避行動をとることもできない。

わたしの敗北は必至《ひっし》だ。

氷の棘がわたしを貫《つらぬ》こうとするさなか、わたしは内心で思った。

ありがとうございます、イサム様。

体勢を崩したわたしには、セイバー・レイを振ることができない。回避行動をとることもできない。

わたしの敗北は必至だ——一ヶ月前のわたしならば。

けれど、いまのわたしにならできる。イサム様に鍛えていただいたから。

わたしは両脚に魂力を集め、ふっ！　と鋭く息を吐いた。

武技『疾風』。

わたしは高速の住人となり、目前に迫る氷の棘を、左にスライドすることで避ける。

「なっ!?」

ホークヴァン先輩が目を剥《む》いた。回避されるとは思いもしなかったのだろう。予想外の事態に体が硬直しているようだ。

好機《こうき》。

疾風を用いたまま、わたしはホークヴァン先輩に駆け迫った。

ホークヴァン先輩がハッとする。

「ウ、ウイング・ウインド!!」

二体のウイング・ウインドが風の刃を放った。

無意味。

わたしはジグザグに走り、風の刃を易々《やすやす》と避《よ》ける。

あっという間に距離は縮まり、ホークヴァン先輩はもはや目の前。

ホークヴァン先輩が顔を引きつらせた。

勝負を決めるため、わたしはセイバー・レイを脇に構える。

「まさか、こんなことになるなんてね……!」

ホークヴァン先輩が歯を軋《きし》らせた。

「まさか——奥の手を使わなくちゃならないなんてねぇ!!」

ホークヴァン先輩が口を裂くように笑い、魔銃を振り上げる。

銃口の下には突起があった。そこに冷気が集《つど》い、氷の結晶となり、パキパキと成長していって——氷の剣《つるぎ》となった。

わたしは瞠目《どうもく》する。

「僕の『アサルト・ホワイト』は近接戦闘にも対応できるんだよ!!」

ホークヴァン先輩の魔銃——アサルト・ホワイトは、氷の棘を剣にもできるらしい。従来の魔銃にはない機能だ。

わたしはホークヴァン先輩の魔銃が最新モデルであると予想していたけれど、どうやら当たっていたみたいだ。

そう思うなか、アサルト・ホワイトの氷剣が振り下ろされた。

「勝負ありだね、セシリアくん‼」

ホークヴァン先輩が勝ち誇る。

氷剣がわたしを斬り裂かんとして――空振りに終わった。

「………は？」

ホークヴァン先輩の素《す》っ頓狂《とんきょう》な声がする。

無理もない。視界から、わたしの姿が忽然と消えたのだから。

わたしははじめから、ホークヴァン先輩の魔銃を警戒していた。わたしの知らない魔銃なのだから当然だ。

魔銃の性能がわからないということは、ホークヴァン先輩がどのような手を用いてくるかわからないということ。

ホークヴァン先輩は隠し球を持っているかもしれない。

だから、わたしも手をひとつ隠すことにした。

隠したのは『速度』だ。

わ・た・し・が用・い・た・疾風は、本来の七・割・の・速・度・だ・っ・た・の・だ・。

高速で走るわたしを目にして、ホークヴァン先輩はこう思っただろう。

これがセシリア＝デュラムの奥の手だ、と。

セシリア＝デュラムに、これ以上の手はないだろう、と。

そう思わせることこそがわたしの狙い。

『七割の速度』を『最速』と勘違いさせることが、

『七割の速度』を『切り札』と勘違いさせることが、
わたしの狙いだったのだ。

「イサム様から教わりました。『虚を衝く』のは有効な手なんです」

全開の疾風でホークヴァン先輩の背後に回り込み、わたしはセイバー・レイを振るった。

剣光一条《けんこういちじょう》。

障壁魔法が発動し、ホークヴァン先輩を守る。

それは脱落の印。

ホークヴァン先輩が膝をついた。

「バカな……この僕が、凡人なんかに……!!」

ホークヴァン先輩がわななくなか、わたしはセイバー・レイを鞘に収める。

「『ケニー＝ホークヴァン・ルカ＝スチュアート』ペアと、『セシリア＝デュラム・イサム』ペアの模擬戦は、『セシリア＝デュラム・イサム』ペアの勝利です！」

演習場外周：南部に立つ先生が、決着を知らせる。

わたしはイサム様が向かった方角を見て、満面の笑みを浮かべながら手を振った。

「勝ちましたよ、イサム様！」

セシリアがこちらに向かって手を振っている。眩しいばかりの笑顔を浮かべながら。

「見事だ」

俺はニッコリ笑って手を振り返した。セシリアから見えているかはわからんが、手を振り返す気持ちが大切なのだ。

「本当に、勝ってしまうなんて……」

決着の知らせを聞き、いまだへたり込んでいるルカが、呆然と呟く。

「ケニー様は間違いなく天才です。セシリア様が勝利する可能性は限りなく〇《ぜろ》に近かったのに……」

「バカを言うな」

俺はルカの意見を一刀両断した。

「どれほどの才があろうと、他人を見下して悦《えつ》に浸っているようでは宝の持ち腐れだ。その程度の輩《やから》に、常に上を目指して努力し続けているセシリアが、負けるはずなかろう」

「……彼女はなぜ、そこまで強くあれるのですか？」

ルカが尋ねてきた。不思議とルカの表情は、縋《すが》り付く迷子を連想させる。

「才能の暴力に踏み潰されず、周囲の嘲笑《ちょうしょう》に怯えることなく、どうして進み続けられるのですか？　どうして挑み続けられるのですか？」

「芯《しん》があるからだ」

砂埃《すなぼこり》に汚れ、それでも輝いているセシリアの笑顔を眺めながら、俺は答える。

「何者にも折られない、芯が」

「……芯」

ルカが俺の答えを反芻した。

「何者にも折られない、芯……」

噛みしめるように反芻した。

新たな出会いと彼女の変化

「よかったぞ、セシリア」

ケニーたちとの模擬戦を終え、俺とセシリアは演習場の控え室で合流していた。

「『虚《きょ》を衝《つ》く』教えを吸収し、完全に自分のものにしていた。一〇〇点満点の戦い振りだったぞ」

「えへへへー。やりましたっ！」

俺に褒められてセシリアが万歳《ばんざい》をした。全身で嬉しさを表《あらわ》す様子が、走り回る仔犬を連想させる。とても可愛らしい。

頬を緩めていると、控え室の外からなにやら騒音が聞こえる。

騒音は徐々にこちらに近づいてくる。どうやら誰かが声を荒らげているようだ。

「何事《なにごと》でしょうか？」

セシリアがコテンと首を傾《かし》げる。

声がすぐそこまで来たところで、控え室の扉が乱暴に開け放たれた。

「いまの模擬戦は無効だ!!」

怒鳴《どな》り声を上げながらケニーが控え室に入ってくる。どうやら騒音の主《ぬし》はケニーだったらしい。

ケニーの顔は真っ赤で、眉はつり上がっていた。見るからに激怒している。

ケニーの発言に、セシリアは怪訝《けげん》そうな顔をする。

「なぜ無効なんですか？」

「決まっているだろう！　きみが不正を働いたからだ!!」

ケニーがセシリアに指を突きつけた。

「魔導機構に組み込める魔法式はひとつだけ！　きみの魔剣に組み込まれている魔法式は武装強化！　きみが加速した説明がつかない！」

セシリアが疾風で高速移動したことを言っているのだろう。ケニーはそれを不正と捉えたようだ。

「きみは別の魔導兵装を使ったんだ！　使用許可をされていない魔導兵装をね！」

ケニーが鬼の首を取ったように口端《くちは》を歪めた。

「きみは知っているかな？　魔導兵装を扱うには手続きが必要だ。正規の手続きを踏んでいない魔導兵装を使うことは、法令に違反する。この件は校長に報告させてもらうよ」

「わたしは不正なんかしていません。わたしの高速移動術は武技によるものです」

「バカを言うな!!」

冷静に反論するセシリアに、ケニーが唾《つば》を飛ばして詰め寄る。

「武技はとうに失われた技術だ！　言うに事欠《ことか》いてデタラメをほざくか、この凡人が!!」

現代人は武技を扱えない。ケニーがセシリアの説明を信じられないのは仕方がない。

だとしても不愉快だな。セシリアは修練の末、武技を修得したのだ。それを不正呼ばわりされるのはいただけん。

俺が顔をしかめるなか、ケニーがニヤニヤ笑いを浮かべる。

「落ちるとこまで落ちたな、セシリアくん。いくら僕が憎かろうと、やっていいことと悪いことがあるだろう？『勇者』と『聖女』の子孫がこんな卑怯者《ひきょうもの》だなんて、情けなくて仕方ないよ！」

それはこちらのセリフだ。お前はセシリアが言い返せない状況を作って罵《ののし》った。どちらが卑怯者かは明白だ。

俺のほうこそ情けないぞ、ケニー。『賢者』フィーアの子孫が、お前のような見下げ果てた者だとは。

「嘆《なげ》かわしいことだ」

落胆《らくたん》の溜息《ためいき》をついていると、開け放たれたドアの向こうから声がした。

俺、セシリア、ケニーの視線がそちらに集まる。

ひとりの男が、こちらに向かって歩いてきていた。

五〇歳間近《まぢか》と思われる、大柄《おおがら》な男だ。

一八一センチの俺よりも背が高く、全身が筋肉で覆われているかのようにガッチリとしている。

短く刈《か》り上げられた髪は灰色。猛禽《もうきん》の如《ごと》く鋭い目は紫色。

角張った顔には、しかつめらしい表情が刻まれていた。

セシリアが目を丸くする。

「ホークヴァン校長!」

「む？　彼もホークヴァン家の者か？」

セシリアが「はい」と返事をした。

「スキール＝ホークヴァン様。ホークヴァン本家の現当主にして、ホークヴァン魔導学校の校長を務める、豪傑《ごうけつ》です」

「ふむ」と頷《うなず》いていると、それまで浮かべていたニヤニヤ笑いを引っ込め、ケニーがピシッと背筋を伸ばした。

「僕たちの話をお聞きでしたか、スキール様。僕も嘆かわしく思います。まさかセシリアくんが不正に手を出すなんて……」

ケニーが芝居《しばい》がかった仕草で首を振り、こちらにだけ見えるように嘲笑《ちょうしょう》する。

「彼女には反省が必要かと思います。停学処分が妥当《だとう》かと」

ここでも猫を被るか。どこまでも腐った男だ。

「よくわかった。たしかに反省が必要らしい」

スキールが重々しく嘆息《たんそく》する。

セシリアの肩が怯《おび》えるように震えた。

このままではセシリアが学校に通えなくなってしまう。一流の魔剣士になる夢が遠のいてしまう。ケニーの謀略《ぼうりゃく》に陥《おとしい》れられてしまう。

させん。

俺はセシリアを庇《かば》うように歩み出た。

この誇り高い少女の夢を、下劣《げれつ》な輩《やから》に踏みにじらせはせん。

スキールが控え室に入ってきた。紫色の瞳が俺を捉える。

スキールの視線を真っ向から受け止め、俺はセシリアの尊厳《そんげん》を守るために口を開く。

「停学処分を下す」

それより先にスキールが告げた。

「ケニー＝ホークヴァン。お前にな」

「…………はい？」

ケニーが固まった。

思わぬ展開に、セシリアが「え？」と声を漏らし、俺も目を瞬《しばたた》かせる。

わけがわからないと言いたげに立ち尽くし、やがてケニーは、スキールに媚《こ》びるような笑みを見せた。

「ご、ご冗談を。処分を下すべきはセシリアくんにですよ」

「まだ謀《たばか》るか、ケニー」

スキールの冷徹《れいてつ》な眼差しがケニーを貫《つらぬ》く。

ケニーのごますり顔が引っ込んだ。

「お前はセシリアくんを侮辱《ぶじょく》していた。それだけではない。裏で多くの生徒を虐《しいた》げていたそうだな」

「そ、そのようなこと、あるはずが……」

冷や汗を掻《か》きながら、ケニーが首を横に振って否定する。

「もうやめましょう、ケニー様」

ケニーを諌《いさ》める声がした。

ケニーが瞠目《どうもく》するなか、スキールの背後からルカが姿を見せる。

「ケニー様の日頃の行いは、包み隠さずスキール様に伝えさせていただきました」

「なっ!?」

絶句するケニーに、ルカが眉を下げた。

「本当は、こうなる前にわたしが止めるべきだったのでしょう。もっと早く進言《しんげん》するべきだったのでしょう。ですが、わたしは見て見ぬ振りをしました。どうしようもない弱虫です」

ルカが深々と頭を下げる。

「至らぬ従者で申し訳ありません」

心から後悔しているのだろう。ルカの声は震えていた。

ケニーがパクパクと、酸素を求める魚のように口を開閉するなか、ルカがセシリアに目をやる。

ルカの目からは憧憬《しょうけい》が見てとれた。眩《まぶ》しいものを見るような目をしていた。

模擬戦の勝敗が決した際、ルカは俺に、セシリアがなぜ強くあれるのか尋ねてきた。

……才能の暴力に踏み潰されず、周囲の嘲笑《ちょうしょう》に怯えることなく、どうして進み続けられるのですか？　どうして挑み続けられるのですか？

——芯があるからだ。何者にも折られない、芯が。


俺が知らせた答えを、ルカは感じ入ったように反芻《はんすう》していた。

もしかしたら、ルカはセシリアに感化されたのかもしれん。困難に挑み続けるセシリアの姿に、ケニーに抗う勇気をもらったのかもしれんな。

ケニーがギリッと歯噛みして、憤怒《ふんど》の形相《ぎょうそう》をした。

ルカが肩を縮める。

「僕に逆らうとは何事だ、ルカ!!」

「なぜルカを叱る」

静かな、しかし厳《おごそ》かな声で、スキールが訊《き》く。それだけで、怒鳴っていたケニーは閉口《へいこう》した。

「ルカは正しい行いをした。責められるべきはお前だ。違うか？」

スキールが目をすがめる。

赤かったケニーの顔が青くなった。

「我らが先祖、フィーア＝ホークヴァンは、『高貴なる者の務め』の提唱者だ。私たちは子孫として、フィーア様に恥じない、誇り高い生き方をしなければならない。違うか？」

「だ、だからこそ……です」

ケニーが怯えきった様子で弁解する。

「僕たちは、け、『賢者』、フィーア様の子孫。偉大なる血を継ぐ、選ばれし者」

両腕を広げ、ケニーが己の正統性を主張した。

「だ、だからこそ、下々《しもじも》の者に威厳《いげん》を示して――」

「馬鹿者!!」

これ以上は聞いていられないとばかりにスキールが喝破《かっぱ》する。

ケニーが「ひぃっ!!」と悲鳴を上げた。

「お前の行いのどこに威厳がある！　どこに誇りがある！」

「で、でで、ですから、誰からも舐められないように、ホークヴァン家に恥のないように……」

「恥だと？」

スキールに射《い》すくめられ、ケニーが言葉をのみ込んだ。

「お前の行いこそが恥なのだ！　他者を見下し、威張り散らす、そのすべてが恥なのだ!!」

「あ……あぁ……」

ガクン、と膝を折り、ケニーが崩れ落ちた。

偉ぶっていた姿はどこにもない。驕《おご》っていた姿はどこにもない。

青ざめた顔でうなだれる姿は、ただただ憐《あわ》れだった。

ケニーを断罪したスキールは、ひとつ嘆息してからこちらを向いた。

「セシリアくん。イサム殿。きみたちに話したいことがあるのだが、私についてきてくれないだろうか？」

◆

スキールにつれられてきたのは、本校舎六階にある一室だ。

部屋の両脇には何台もの本棚が並び、奥には大きな窓と、立派《りっぱ》な木製のデスクが設けられている。

セシリアに訊いたところ、ここは校長室とのことだ。

「話とはなんだ？」

扉を閉めながら尋ねると、スキールは振り返り、おもむろに両膝をついた。

躊躇《ためら》いなく、スキールが額を床に擦《こす》りつける。土下座《どげざ》だ。

突拍子《とっぴょうし》もないスキールの行動に、俺もセシリアも目を丸くした。

「申し訳ありません、イサム様！　ケニーの数々の愚行《ぐこう》、フィーア＝ホークヴァンの同朋《どうぼう》であった貴方様《あなたさま》には、とても見るに堪《た》えなかったと存《ぞん》じます！」

ケニーがセシリアを侮辱した件を謝っているようだ。大きな体を小さく縮め、平身低頭《へいしんていとう》している。

スキールの言葉と態度で俺は察した。

スキールは、俺がフィーアの仲間だと——『剣聖』だと知っている、と。

「フィーアの子孫にあるまじき醜態《しゅうたい》、決して許されるものではありません！　ですのでせめて、私から謝罪させていただきたく存じます！　大変申し訳ありませんでした！」

ケニーに対する情けなさからか、俺に対する畏《おそ》れからか、スキールはブルブルと震えていた。

俺はひとつ、息をつく。

「たしかにケニーには失望した。フィーアの子孫がこのざまなのかと」

スキールの肩がビクリと跳ねる。

「だが、お前が諫めてくれた。こうして謝ってくれた。どうやら俺は早合点《はやがてん》していたようだ」

スキールがハッと顔を上げた。

俺は心からの笑顔と言葉を、スキールに贈る。

「お前はフィーアの誇りを守ってくれた。フィーアの友として嬉しく思う」

言葉に詰まったように、スキールが唇を引き結び、もう一度、深々と頭《こうべ》を垂れた。

「寛大《かんだい》なお言葉、感謝申し上げます……!!」

「この件は手打ちにしよう、スキール。面《おもて》を上げてくれ」

努めて明るく言うと、再度、「感謝申し上げます」と口にしてから、スキールが顔を上げた。

顔を上げたスキールは、今度はセシリアに謝る。

「すまなかったね」

「い、いえ！　校長先生が謝られることなんてありません！」

スキールは余程《よほど》の大人物《だいじんぶつ》なのだろう。頭を下げられて、セシリアはオロオロしていた。

セシリアの許しを得て、スキールはようやく立ち上がる。

俺は尋ねた。

「して、スキールよ。話したいこととは、俺たちへの謝罪か？」

「もちろんそれもありますが、イサム様にお頼み申し上げたいことがあるのです」

「頼み事か。なんだ？」

スキールが真摯《しんし》な眼差しで俺に願う。

「どうか、我がホークヴァン魔導学校で、教壇に立っていただけないでしょうか？」

予想だにしない頼み事に、俺は目を点にする。セシリアもキョトンとしていた。

スキールが続ける。

「模擬戦の模様、観戦させていただきました。セシリアくんが終盤に見せた高速移動術。あれは武技ではございませんか？」

「気づいていたのか」

「ええ。イサム様が武技の達人であられることを、先祖から伝え聞いておりましたので」

俺の存在は、フィーアから子孫へと伝えられてきたようだ。スキールが俺の正体を知っていたのはそのためだろう。

「お前が察したとおり。あれは武技のひとつ、疾風。俺がセシリアに伝授したものだ」

「やはりそうでしたか。イサム様に教師をお勤めいただきたいのは、我が校の生徒たちに武技をご教示《きょうじ》願いたいからなのです」

スキールの真意を知り、俺は「む？」と首を傾げる。

「だが、現代には魔導兵装があるではないか。魔導兵装は利便《りべん》にして強力。だからこそ、武技に取って代わったのだろう？」

「もっともでございます。ですが、状況が変わりました」

「というと？」

訊くと、スキールが深刻な表情で答えた。

「近頃《ちかごろ》、魔族が関わったと思《おぼ》しき事件が発生しているのです」

俺の眉がピクリと動く。

セシリアが声を上げた。

「そんな！　魔王の討伐に続き、魔族も姿を消したはずでは!?」

「そのはずだ、セシリアくん。だが、魔族はおそるべき力を持っていると聞く。我々の目を盗んで生き延びていてもおかしくない」

魔族はモンスターと比較にならないほど強大だ。たとえ下級魔族でも、人間の一個小隊に匹敵する力を持つ。勇者《おれ》パーティー《たち》も散々《さんざん》苦しめられてきた。

スキールの意見はもっともだろう。奴らが生き延びている可能性は否定できない。

「魔族が生き延びていたならば、間違いなく人間への復讐を考えるはずです。この先、世界を揺るがす事態が起きてもおかしくありません」

「だからこそ、生徒たちに武技を修得させたいのだな？　魔族に対抗する力として」

「仰《おつしや》る通りでございます。備え過ぎるということはございませんので」

魔導兵装は強力だ。だが、魔族に対抗しきれるかはわからない。

たしかに、自衛の手段が多くて困ることはないだろう。『備えあれば憂《うれ》いなし』との言葉もあるしな。

「ふむ」と一考《いつこう》し――俺は口を開いた。

「俺に教師の経験はない。武技の修得も容易《ようい》ではない」

「……ご了承《りようしよう》いただけないでしょうか？」

スキールが気落《きお》ちする。

それを横目に俺は続けた。

「それでもよいか？」

スキールが目を瞬かせる。

「上手く教えられるかはわからん。生徒たちが修得できるかもわからん。だが、俺は勇者パーティーの一員。魔族の脅威は見過ごせん」

「では……!!」

「常勤は難しいが、非常勤ということなら受けよう」

俺は手を差し伸べた。

なによりも優先すべきはセシリアだが、魔族を放っておくわけにもいかない。時間の融通《ゆうずう》が利《き》く非常勤講師なら、引き受けても構わないだろう。

真剣な面持《おもも》ちで、スキールが俺の手を取る。

「ご協力、感謝申し上げます！」

「ああ。よろしく頼む、校長殿」

俺とスキールは固く握手を交わした。

「大変な一日でしたね」

「まったくだ」

夜。セシリアの部屋で、俺とセシリアは一日を振り返っていた。

「はじめて魔導学校に行ってみたらケニーに絡まれ、模擬戦にまで発展し――」

「模擬戦が終われば、ホークヴァン校長に頼まれて、イサム様が教師を勤めることになるなんて……いろいろありすぎて疲れました」

「同感だな」

俺とセシリアは顔を見合わせて苦笑する。

「わたし、嬉しかったです」

ふと、セシリアが胸元に手を当て、静かにまぶたを閉じた。

「ホークヴァン先輩にイサム様が言い返してくれて、わたしの努力を認めてくれて――わたしを『セシリア＝デュラム』として見てくれて、とってもとっても嬉しかったです」

まぶたを上げ、セシリアがふわりと笑みを咲かせる。

セシリアは、自分を自分としてではなく、「『勇者』と『聖女』の子孫」として認識されていることに悩んでいた。

ケニーも、セシリアはSクラスに相応《ふさわ》しくないと、評価が間違っていると見下してきた。

だから俺は言い放ってやったのだ。

セシリアの評価はたゆまぬ努力のすえに勝ち取ったものだと。

セシリアの評価はセシリア自身の手でつかんだものだと。

ケニーに、セシリアを評する資格などないと。

俺はセシリアに微笑みを返す。

「当たり前のことをしたまでだ。血統で人を評《ひょう》するなど愚かとしか言えぬ。目が曇っているとしか言えぬ。本人を見ずして、どうしてその者を評することができようか」

エメラルドの瞳を見つめながら、俺は告げた。

「誇っていいぞ、セシリア。嘲笑され、見下され、それでも歩みを止めずに努力してきたきみは、どこまでも気高《けだか》い」

セシリアの顔がリンゴのように色づく。

セシリアがうつむき、指をモジモジさせながら、「あ、ありがとうございます」と囁《ささや》くように言った。

俺は首を傾げる。

ここまで照れるものだろうか？　視線が落ち着いていないし、顔も赤すぎるし……。

俺はただ、本心を口にしただけだ。セシリアのありのままを褒めただけだ。その反応としては過剰な気がする。

頭を捻《ひね》って考えていると、俺の目に、時間を知らせる魔導具（時計というらしい）が映った。

時計が示す時刻は、午後一〇時を回っていた。

午後一〇時から午前二時は、肉体がもっとも成長する時間帯だ。翌朝の鍛錬《たんれん》に万全の状態で臨《のぞ》むためにも、早く就寝したほうがいい。

セシリアの反応について考えるのは置いておこう。睡眠を確保するのが最優先だ。

「うむ」と判断し、俺はセシリアに提言《ていげん》した。

「そろそろ就寝しよう、セシリア」

「そうですね。今日は疲れましたし」

セシリアが同意の頷きを返す。

俺たちは揃ってベッドに向かった。

俺とセシリアは横になり――セシリアがパッと立ち上がった。

セシリアの謎の行動に、俺は目を瞬かせる。

「眠らないのか？」

「い、いえ。眠ろうと思ったのですが……」

戸惑った様子で、セシリアが寝間着《ねまき》の胸元をキュッと握った。

「なぜかわからないのですが、胸がドキドキして、息苦しい感じがして、いても立ってもいられなかったんです」

「なに!?」

セシリアの異変に俺は飛び起きた。

たしかにセシリアの呼吸は速く、顔も火照《ほて》ったように赤い。

もしや病気か!?　赤らんだ顔は発熱のせいか!?

慌てて俺は、セシリアと額を合わせる。

セシリアが目を白黒させるのに構わず、俺は額の感覚に集中した。

「やはり熱があるな。模擬戦の疲れが響いたか？」

「はわ、はわわわわ……！」

「む!?　さらに熱が上がったぞ！」

俺が顔をしかめるなか、セシリアは目をグルグルと回し、口をわななかせていた。尋常《じんじょう》でない様子だ。

緊急事態だ！　早く医者に診《み》せなければ！

焦燥感《しょうそうかん》に駆られていると、セシリアが突然、俺の胸を押し、身を離した。

「どうした!?」

「そ、その……イサム様とくっついていると、ますます鼓動が早くなって、胸がキュウッと締め付けられまして……」

「俺とくっついていると？　そのような症状は聞いたことがないぞ」

「わ、わたしもはじめての体験です。ただ、病気ではないと思うんです」

「なぜだ？」

「嫌な気分がしないんです。むしろ、幸福に満たされているような感じがしますので」

わけがわからん。

俺は顔をしかめた。

熱があり、息苦しく、鼓動が早いうえに、胸が締め付けられる。それなのに幸せな感じがするだと？　矛盾《むじゅん》していないか？　セシリアはどうしてしまったのだ？

腕組みして「うーむ」と悩む。

「……ひとまず様子を見るか。一晩《ひとばん》眠り、それでも症状が緩和《かんわ》しなければ医者に診てもらおう」

「そうですね。素人《しろうと》考えで判断するのは危ないですから」

頷き合い、俺とセシリアは床《とこ》についた。

翌朝になってもセシリアの症状は治らなかった。

医者に診てもらうべく、俺とセシリアはジェームズとポーラに相談した。

だが、俺たちが病院に向かうことはなかった。ジェームズとポーラが必要ないと判断したからだ。

ポーラが言うには、セシリアの症状は特別なことではなく、特定の条件が揃えば誰しもが経験することらしい。

よくわからんが、病気でないのならば一安心《ひとあんしん》だ。

それにしても、ジェームズがひどくさみしそうにしていたが、なぜだろうか？

二日後。休日の昼過ぎ。

俺は魔導車に乗り、ラミアの街並みを眺めていた。

「乗り心地はいかがですか？」

「馬車よりも速く、しかし揺れは少ない。文明とは素晴らしいものだ」

感慨《かんがい》深く目を細める俺に、隣に座るセシリアが口元をほころばせた。

俺は視線を運転席に向ける。

「プラム。魔導車を出してくれて助かった」

「いえいえ、お安いご用です」

魔導車を運転しているのは、デュラム家のメイド長、プラム。俺がはじめてデュラム家を訪れた際、玄関でセシリアを待っていた者だ。

魔導車に乗ってどこに向かっているのか？　それは、エリュ＝マルクール——『工匠』リト＝マルクールの子孫のもとにだ。

ホークヴァン魔導学校にて魔技師科の教授を務めているエリュは、スキールから俺についての話を聞き、興味を抱いたらしい。

会って話がしたいとのことで、俺たちはエリュのもとに向かっている。

プラムが魔導車を出してくれたのは、俺とセシリアの送迎をするためだ。

プラムが朗《ほが》らかに笑った。

「イサム様はお嬢様の恩人ですし、ベルモット家までは距離がありますからね」

「ベルモット？　目的地はマルクール家ではないのか？」

プラムの発言に、俺は首を傾げる。

「マルクール教授はベルモット家に入り浸《びた》っているんですよ」

答えたのはセシリアだった。

「ベルモット家の当主、ヴァリスさんは、ホークヴァン魔導学校・魔技師科の准教授《じゅんきょうじゅ》で、マルクール教授の助手にあたるんです。マルクール教授は、ベルモット准教授の研究室が気に入ったらしく、そこに籠《こ》もって研究に明け暮れているんです。なんでも、最新の設備が揃っているからだとか」

「他人の家に入り浸るか……変わり者の気配がするな」

俺がそう返すと、セシリアが乾いた笑いを漏らす。

「ええ。相当な変わり者です」


目的地であるベルモット家は、ラミア北西部の、静かな場所にあった。

ベルモット家は上級貴族らしく、敷地はデュラム家よりも広大だ。芝生の庭が、緑の海のようだった。

「イサム様、セシリア様、お待ちしておりました」

ベルモット家の門には執事が立っており、到着した俺とセシリアを屋敷まで案内してくれた。

レンガ敷きの道を歩いていくと、三角屋根を持つ館が見えた。その玄関で、ふたりの男が話をしている。

男のうちのひとりが俺たちに気づいた。

「では、そういうことでお願いします」

「かしこまりました」

俺たちに気づいた男が話を切り上げた。男の話相手はペコリと一礼し、俺たちにも会釈《えしゃく》してから去っていく。

俺たちに気づいた男は、二十一才の俺よりも、三才ほど年上に見えた。

身長は一七〇センチほど。体型は中肉。

髪は深緑のミディアムストレート。髪と同じく深緑色をした、アーモンド型の目を持っている。

整った顔立ちはシュッとしており、カーキーのジャケット、白いシャツ、赤いネクタイ、茶色いズボン、ズボンと同色のブーツを身につけていた。

男が歩いてくる。

「お待たせしました。あなたがイサムさんですか？」

「ああ」

「私はヴァリス＝ベルモットと言います。ホークヴァン魔導学校の教師同士、これからよろしくお願いします」

男——ヴァリスが握手を求めてきた。

俺はヴァリスの手を取り、「こちらこそ、よろしく頼む」と応じる。

「ベルモット准教授。お話中、失礼しました」

「構いませんよ、セシリアさん」

ヴァリスと話相手の邪魔をしたと思ったのか、セシリアが申し訳なさそうに頭を下げた。

ヴァリスは苦笑して、「いえいえ」と手を振る。

「すでに用件は伝え終えていましたから。それに、彼はベルモット家の使いなんです。私はまったく気にしていませんよ」

「使い？　使者ということか？」

「ええ。エリュ教授のリクエストで、彼にはパンデムから魔石を仕入れてもらっているんです。エリュ教授曰《いわ》く、パンデムの魔石は良質とのことでして」

俺の質問にヴァリスが答える。

回答のなかに出てきた『パンデム』という単語に、俺は眉をひそめた。

――言葉の訛《なま》りから、おそらく、北東の街『パンデム』に住む方だったと思われます。いつもは撃退しているんですけど、今日は『魔導兵装《まどうへいそう》』がなくて……イサム様が助けてくださらなければ、さらわれているところでした。

セシリアの誘拐犯が、パンデムの者だったからだ。

パンデムの住人自体に罪はないが、どうしても引っかかりを覚えてしまう。

俺と同じ気持ちなのだろう。セシリアが表情を曇らせていた。

「お使いの方は大丈夫なのでしょうか？」

セシリアの呟《つぶや》きに、ヴァリスが首を傾げる。

「大丈夫とはなんのことでしょう、セシリアさん？」

「あ、いえ、パンデムの治安が気になりまして」

流石《さすが》に、『パンデムの方に誘拐されそうになったことがありまして』とは言えなかったのか、セシリアが理由をぼかした。

ヴァリスが嘆息する。

「治安は悪くありません。ですが、裏社会の者たちが巣くっているとの噂があります。そこは私も気になりますね」

ヴァリスはヴァリスで気苦労《きぐろう》が絶えないようだった。


「こちらが私の研究室です」

ヴァリスの案内でベルモット家を進み、俺とセシリアは地下に来ていた。

周りをレンガに囲まれた通路。その奥にある木製の扉を、ヴァリスがノックする。

「教授。お客様がいらっしゃいましたよ」

返事はなかった。

そのまま一〇秒が経つ。

それでも返事はなかった。

俺とセシリアが首を傾げるなか、ヴァリスが溜息をつく。

「勝手に入りますからね」

やむなしといった様子で、ヴァリスが扉を開けた。

研究室は長方形をしていた。

左側の壁には一面に棚が並び、奥の壁際と右側には、様々な器具が設けられている。

俺とセシリアはポカンとした。

研究室の床に、用紙や武器が散乱していたからだ。

「うーん。魔力伝導率を上げることができれば、魔導兵装の性能は大幅に上昇するんだけどなぁ……」

『ごちゃごちゃ』という擬音《ぎおん》が相応しい研究室。その中央にある長方形のテーブルで、ひとりの少女がブツブツと呟きながら、本を眺めている。

小柄な少女だ。身長は一五〇センチにも満たず、細身の体躯《たいく》は起伏《きふく》に乏《とぼ》しい。

琥珀色《こはくいろ》の髪はツインテールにされており、クリクリとした瞳は金色。

身につけているのは、シャツ、ショートパンツ、ブーツ、小柄な体と不釣り合いなほど大きな白衣。左目に装着している片眼鏡《モノクル》が印象的だ。

魔導学校の教授にしては顔立ちが幼い。セシリアよりも若いのではないだろうか？

「回路の素材を考えるべきかな？　だとしたら、やっぱり魔力との親和性が高い素材がいいよねぇ……」

少女は俺たちに一瞥《いちべつ》もくれず、読書と思考に熱中している。テーブルには、少女が読んだと思しき書物が、山の如く積まれていた。

もう一度、ヴァリスが深々と息をつき、俺たちに頭を下げる。

「すみません。イサムさんを呼んだのはこちらなのに……教授！　エリュ教授！　イサムさんがいらっしゃいましたよー！」

大声で呼びかけ、ヴァリスが散乱した用紙や武器をどけながら、少女――エリュに近寄っていく。

床に散らばった用紙の一枚を、セシリアが手にとった。

「これは……魔導兵装の設計図？」

用紙には、インクで剣が描かれていた。ところどころに、俺の知らない専門用語も認《したた》められている。

「だとしたら、転がっている武器は魔導兵装か？」

「おそらくそうでしょうね」

俺とセシリアはそう推察《すいさつ》した。

エリュは魔技師科――魔導具・魔導機構の開発・修繕を扱う学科の、教授だ。ここにある用紙や武器は、魔導兵装と関連があるとみて違いないだろう。

俺とセシリアが話し合っているあいだに、ヴァリスがエリュのもとにたどり着いた。

「魔力との親和性《しんわせい》が高い素材といえば魔石だけど、回路に加工するには靭性《じんせい》が足りないなぁ……」

「エリュ教授ー！」

ヴァリスが呼びかける。

エリュは気づかない。

「いや、諦めるのは早い！　魔石自体を回路に加工するのは難しいけど、合金にすればどうだろう？」

「エリュ教授！　イサムさんがおいでになりました！」

声を大きくしてヴァリスが呼びかける。

エリュは気づかない。

「どうやって魔石を合金にする？　組み合わせる金属はなにがいい？　……そうだ！　ミスリルを用いれば……！」

「エリュ教授!!」

「ああ、もう！　うるさいなぁ!!」

さらにヴァリスが声を張り上げたとき、エリュがテーブルを、ドンッ！　と叩き、勢いよく立ち上がった。

目を丸くするヴァリスを、エリュが、キッ！　と睨《にら》み付ける。

「邪魔をしないでよ、ヴァリスくん！」

「ですが、お客様が……」

「何度も言ってるでしょ!? 『ひらめき』ってのは気まぐれなんだよ！」

「し、しかしですね？」

「よそ見をしてたら忘却《ぼうきゃく》の彼方《かなた》に消えちゃうんだ！ 世界を変えるかもしれないアイデアに逃げられたらどうするの!? 責任《せきにん》取れるの!?」

「えええ……？」

エリュの剣幕《けんまく》に気圧《けお》され、ヴァリスが狼狽《うろた》えた。

ヴァリスは俺たちの到着を知らせただけ。まっとうなことをしただけのはずだが……なんと不憫《ふびん》な……。

頬をむくれさせてエリュが腰に手を当てる。見るからに立腹《りっぷく》している様子だ。

反論を諦めたのか、ヴァリスがうなだれ、「すみませんでした」と謝る。

大変理不尽《りふじん》な光景を眺めながら、俺は苦笑した。

「セシリアが言ったとおり、面白い子だな」

「エキセントリックではありますけどね」

セシリアも「あははは……」と苦笑を返す。

ベルモット家に着くまでのあいだに、セシリアはエリュについて教えてくれた。

セシリア曰く――

「マルクール教授は、特例により一〇歳でホークヴァン魔導学校に入学し、一年で卒業された天才です。数々の発明で、魔技師界を何度も騒然とさせてきました」

「ただ、突飛《とっぴ》な行動や常識外れの発言も多くて……よくも悪くも破天荒《はてんこう》な方です」

とのことだ。

まさにその通りだな。型破りな自由人だ。

だが、いや、だからこそ、数々の発明ができたのかもしれぬが。

「それで、なんの用？　ヴァリスくん」

「忘れられたんですか？　お呼びになったのは教授じゃありませんか」

「ボクが呼んだ？」

エリュがコテンと首を傾げた。俺を呼び出したことをすっかり忘れているらしい。

ヴァリスが三度《みたび》、魂が抜けたかと思うほど深く嘆息する。

「イサムさんがいらしましたよ」

ヴァリスがこちらを手で示した。

エリュの視線が俺たちに向く。

俺の姿を捉え、エリュがパチクリと瞬《まばた》きして――

「おおっ！」

金の瞳をキラキラさせた。

散乱した用紙や武器を蹴飛ばしながら、エリュが駆け寄ってくる。

唖然《あぜん》と立ち尽くす俺に、飛びつかんばかりの勢いでエリュが身を寄せてきた。

「『アイ・オウル』起動！」

エリュが片眼鏡に手をやり、ジッと俺を見つめる。おそらく魔導具なのだろう。片眼鏡には魔石がはめ込まれていた。

「魔力変換率０％！　きみは魔力が生成できないの!?」

「む？　ああ、そうだ」

片眼鏡型魔導具の効果だろうか？　エリュが俺の特異体質に気づく。

エリュは口を『Ｏ《オー》』のかたちにして、小さな体を精一杯《せいいっぱい》伸ばし、俺に顔を近づけてきた。

「特異体質って聞いてたけど、まさか本当だったなんて……！　どうやったらそういう体質になるのかな!?　きみはどんな家系に生まれたの!?　どんな環境で育ったの!?　どんなものを食べてきたの!?」

先ほどまでの完全無視から一転。興味津々な様子でエリュが詰め寄ってくる。その勢いは、飼い主と遊びたがる犬を彷彿《ほうふつ》とさせた。

エリュの質問攻めに遭《あ》いながら、俺は思う。

あいつともこういうやり取りをしたな……懐かしい。

感じ入っていると、不意に俺の左腕が柔らかい感触に包まれた。

見ると、セシリアが俺の左腕を抱きしめ、エリュから離すようにグイグイと引っ張っている。

「むぅ！」

セシリアは、ぷくぅ、とフグみたいに頬を膨らませていた。はじめて目にする仕草だ。

俺はポカンとする。

「セシリア？　どうした？」

「……あっ！」

我に返ったように、セシリアが慌てて俺の腕を放した。

「い、いえ、その……マルクール教授とイサム様がくっついていたら、勝手に体が動いてしまって……ど、どうしてでしょうか？」

自分でも自分の行動が理解できないらしい。セシリアはオロオロと狼狽えていた。

「ふむ。それはあれだね」

生徒の質問に答えるように、エリュが、ピン、と人差し指を立てた。

「ボクがイサムくんに詰め寄り過ぎたから、セシリアくんは不躾《ぶしつけ》に感じたんだよ」

「そう……なんでしょうか？」

「きっとそうさ！」

エリュの答えがしっくりこないのか、セシリアが首を捻る。

それでもエリュは、自分の考えを微塵《みじん》も疑っていないように、「うんうん」と力強く頷いた。

「ボクは興味を持ったらそのことに夢中になっちゃうんだ。そのせいで周りに迷惑をかけることもあってさ。よくきみみたいな反応をされるんだよ。ごめんね、セシリアくん」

エリュが眉を下げ、ペコリと頭を下げる。

セシリアが慌てて、「あ、いいえ、お気になさらず！」と手を横に振った。

取り残されたヴァリスが、なぜか生温《なまあたた》かい目でこちらを見ていた。

「いやー、校長からイサムくんの体質を聞いててさ。はじめて魔力を生成できない人間と会ったものだから、つい興奮しちゃったよ」

エリュが苦笑いする。申し訳ないと思っているらしい。

行動は突飛だが、ちゃんと反省している。いい子ではないか。

「謝らずともいい」

俺は首を横に振った。

「セシリアから聞いた。きみは数々の発明で社会に貢献《こうけん》してきたと。きみの好奇心は人々の役に立っているのだ。礼を言うことはあっても、迷惑に感じることはない」

エリュがパチパチと瞬きをして、頭をポリポリと掻く。

エリュの頬は赤く、はにかみ笑顔を浮かべていた。

「そう言ってもらえると嬉しいなぁ。ボクのこれは、好きなことをトコトン突き詰めたいっていう病気みたいなものなんだけど、誰かの役に立っているならよかったよ」

エリュが「えへへへ」と頬を緩め——ハッとした。

「そうだ！　魔力が生成できないひとでも扱える魔導具って作れないかな⁉　この先、イサムくんのような体質のひとが現れるかもしれない！　そういうひとでも使える魔導具が必要だ！」

「流石にそれは無理ですよ、教授！　魔導機構は魔力がなければ起動できない。それが常識じゃないですか！」

「発明は常識を越えたところにあるんだよ、ヴァリスくん！」

ヴァリスの反論を一蹴《いっしゅう》して、エリュがテーブルに戻り、本を漁《あさ》りだす。

エリュの顔は、新しいおもちゃを見つけた子どものようだった。どうやら、また自分の世界に没入《ぼつにゅう》したらしい。

ヴァリスが何度目かもわからない溜息をつく。

「すみません、イサムさん、セシリアさん。おふたりはお客様なのに……」

「構わぬ」

謝るヴァリスに、俺は手を左右に振った。

「久《ひさ》しぶりに楽しいやり取りができたからな」

「久しぶりに？」

俺の言っていることがわからないのだろう。ヴァリスが首を捻る。

俺はまぶたを伏せ、友の顔を思い浮かべた。

きみの子孫は、きみにそっくりだ、リト。

自然と、俺の唇は笑みを描いていた。

「今日から魔剣士クラスで講師を務めることになったイサムだ。よろしく頼む」

エリュのもとを訪ねてから一週間後、俺が教鞭《きょうべん》を振るう初の授業が開かれた。

ホークヴァン魔導学校のグラウンドに並んだ生徒たちに、俺は頭を下げる。生徒たちは
「「「よろしくお願いします」」」と礼を返した。礼儀《れいぎ》正しくて好感を持てる。

今回の授業は2－Sクラスを対象に行うものであるため、生徒のなかにはセシリアの姿もあった。

「あのひとだよね？　ケニー先輩たちと模擬戦をしたのって」

「ああ。セシリアさんとペア組んでたよな」

「魔法を打ち消したり、メチャクチャ速く走ったりしてたけど……何者なんだろう？」

何名かの生徒がポソポソと囁き合っている。ケニーとの模擬戦について聞いた者や、実際に観戦した者がいるようだ。

模擬戦の内容が衝撃的だったためか、俺に向けられるのは好奇《こうき》の目だった。

生徒たちの視線を浴びながら、俺は告げる。

「はじめに言っておくが、俺は魔導兵装を扱えない。魔導兵装について、きみたちに教えられることはない」

生徒たちがざわめいた。

戸惑うのも当然だろう。ここは魔導学校。魔導兵装について学ぶ場所なのだから。

ざわめきが広がるなか、ひとりの女子生徒が手を挙げた。

「では、先生はどのようなことを教えてくれるんですか？」

俺は手にしていた木刀を構えながら答える。

「剣だ」

途端《とたん》、ざわめいていた生徒たちが静まり返った。生徒たちの表情は緊張を帯びており、ゴクリ、と唾をのむ者もいる。

生徒たちの反応に、俺は満足を得た。

Sクラスというだけはあるな。目が養《やしな》われている。

彼ら、彼女らは、俺の構えを見て悟ったのだ。このひとはタダ者ではない、と。

好奇の目が、ひとつ残らず真剣なものになる。

実にいい。構えから相手の腕前を察するには、自身も相当な力量を持っていなければならないからな。

心地いい緊張感が漂うなか、俺は口端《くちは》を上げた。

「きみたちの実力を量りたい。最初の授業は俺との手合わせだ」


スキールからは武技を修得させてほしいと頼まれたが、まずは生徒たちの基礎力を確認したい。即《すなわ》ち、己の体を十全《じゅうぜん》に扱えるかを。

身体能力を大幅に増強させる武技は、洗練された身体運動と併せることで真価を発揮する。

武技を修得する第一歩として、俺は基礎を大切にしたいのだ。

セシリアにははじめから武技の伝授に入ったが、あれは基礎が完璧にできていたためだ。

生徒たちもセシリアと同じくらい基礎ができていれば問題ないが、できていなければ、武技の修得には時期尚早《じきしようそう》だ。

基礎は土台。強固な土台でなければ、満足に実力を積み上げることはできないのだ。

「よろしくお願いします」

「よろしく頼む」

グラウンドの中央で、俺とひとりの男子生徒が一礼《いちれい》し合う。これも教えのひとつだ。剣の道に礼節《れいせつ》は欠かせぬからな。

「あの……本当に大丈夫なんですか？」

「なにがだ？」

「魔剣相手に木刀で挑むなんて、危険じゃないですか？」

相手の生徒が怖《お》ず怖《お》ずと訊いてきた。

生徒の目は俺の手元に向けられている。俺が持つ、木刀に。

彼の意見はもっともだ。魔剣には刃があるし、魔導機構も組み込まれている。

一方、俺が持つのはなんの変哲《へんてつ》もない木刀。平《ひら》たく言えば木の棒だ。

殺傷力のある武器と、武器を模《も》した木の棒。ぶつかり合えば、当然、木刀が負ける。木刀を扱う側が大怪我を負う可能性もある。

危険性を重々承知《じゅうじゅうしょうち》したうえで、俺は木刀を構えた。

「危険だと思うか？」

対峙《たいじ》している生徒が息をのみ、気圧されたかのように一歩後退《あとずさ》る。真剣の切っ先を向けられたが如き反応だ。

彼は察したのだ。自分と相手の実力は、天と地よりも隔《へだ》たっていると。自分は逆立ちしても敵わないと。

それ以上、彼が心配を口にすることはなかった。

俺は、ニッ、と笑う。

「遠慮《えんりょ》はいらん。全力で来い」

「はいっ」

決心したのか顔つきを引き締め、生徒は片手剣型の魔剣を構えた。

魔剣にはめ込まれた魔石が灯る。魔剣の起動が完了したのだろう。

空気が張り詰める。

「行きます！」

生徒が魔剣を振り上げた。

振り下ろすと同時、その剣身から風の刃が放たれる。彼の魔剣には、風の魔法式が組み込まれているようだ。

ビョウビョウと大気を鳴らし、風の刃が飛来《ひらい》する。

一拍《いっぱく》遅れて、生徒が地を蹴って駆けだした。進路は一直線。風の刃に追随《ついずい》し、俺を目指す方向だ。

迫り来た風の刃を、俺は半身になって躱《かわ》す。

「はあっ！」

直後、俺に接近した生徒が、魔剣を横薙《よこな》ぎに振るってきた。

時間差攻撃か。風の刃で牽制《けんせい》し、相手が対処したところを剣戟《けんげき》で倒す算段《さんだん》だな。

生徒の狙いを洞察《どうさつ》しながら、俺は左から来る刃から遠ざかるように、右へとステップを踏む。

「逃がしません！」

生徒は動きを止めなかった。

俺に躱されながらも魔剣を振り抜き——剣身から風の刃が放たれる。

俺は「ほう」と感嘆の息を漏らした。

たとえ時間差攻撃で仕留められずとも、即座に風の刃で追撃することで、反撃の暇《ひま》を与えないわけか。

彼の戦法は、剣だけでは為《な》し得《え》ないし、魔法だけでも為し得ない。

剣戟に加え、無詠唱の風魔法があるから、そして魔剣だからこそできる芸当だ。

生徒が再び走り出す。さながら初太刀《しょたち》の焼き増し。

風の刃と斬撃の波状攻撃《はじょうこうげき》が、俺を襲う。

スライドとステップで凌《しの》ぐと、三度《みたび》、追撃の風刃《ふうじん》が放たれ、方向転換した生徒が俺を追いかけてきた。

俺が降参《こうさん》するまで、延々《えんえん》と波状攻撃を仕掛けるつもりなのだろう。吹き荒《すさ》ぶ暴風の如き、好戦的な剣だ。

だが、甘い。

風の刃が迫る。

俺は左足を引き、体を半身にした。

風の刃が俺の髪を乱し、通り過ぎていく。

生徒が俺に肉迫《にくはく》し、魔剣を振りかぶった。

刹那《せつな》、俺は引いた左足で地を蹴る。

「疾《し》っ！」

カンッ！　と乾いた音が響いた。

「へ？」

生徒が目を丸くする。

彼の手に握られていた魔剣がクルクルと宙を舞い、グラウンドに突き立った。

彼が魔剣を振り下ろそうとした瞬間、それより早く俺は踏み込み、木刀で魔剣の腹を叩いたのだ。

生徒がポカンとした顔で、空《から》になった己の手に目をやる。俺と彼との手合わせを、グラウンドの脇で眺めていたクラスメイトたちも、呆然としていた。

「反撃の暇を与えぬ連続攻撃。見事《みごと》だった」

木刀を振り抜いた体勢で、俺はアドバイスを送る。

「だが、ワンパターンだ。風の刃からの剣戟のみでは、相手に読まれる。攻撃パターンを増やすといいだろう」

体勢を戻しながら、俺は笑みを見せた。

「さすれば、きみはもっと強くなれる」

「あ、は、はい！　ありがとうございます！」

生徒がハッとして頭を下げる。

「うむ。ありがとうございます」

俺も同じく頭を下げた。


その後も手合わせは続いた。

「視野が狭い。一点に集中するのではなく、周辺視野《しゅうへんしや》で全体を眺めるのだ」

「柄《つか》は絞るように握る。握りが甘いと打ち払われるぞ」

「剣は全身で振るうものだ。腕の振りだけでなく、脚の踏み込みや腰の捻りにも意識をやるといい」

手合わせのたび、俺は生徒ひとりひとりにアドバイスを送っていく。

ひとりの男子生徒が呟いた。

「このひと、俺たちの想像以上にスゴいんじゃないか？」

彼の呟きに、クラスメイトたちが頷く。

そんなクラスメイトたちの様子に、セシリアが「むっふーっ！」と誇らしげに胸を張った。

師匠である俺が褒められて嬉しいのだろう。なんとも健気《けなげ》な弟子だ。

セシリアの微笑ましさに癒やされつつ、俺は目の前の女子生徒に助言する。

「きみは姿勢を改めるべきだな」

「剣と姿勢に関係があるんですか？」

「論より証拠。実際に体感してみるといい」

「失礼」と、女子生徒の背に触れる。

彼女の背に触れた瞬間、ニコニコしていたセシリアが、ピキッと固まった。

「猫背では能力を発揮しきれない。背筋を伸ばすのは基本だ」

「は、はい」

「重心が高すぎてもいけない。少し膝を曲げよう」

続いて俺は、重心を下げさせるため、女子生徒の両肩に手を置く。

セシリアの笑顔が強張《こわば》った。

女子生徒の肩を上から押して、膝を軽く曲げさせる。

俺は「よし」と頷いた。

「その姿勢を維持したまま重心を意識する。重心の位置は骨盤《こつばん》の上。そこに球体があると想像するのだ」

イメージを促進《そくしん》するためか、女子生徒がまぶたを伏せる。

「……できました」

「では、先ほどと同じように踏み込んでみよう」

「はい！」

女子生徒がまぶたを上げ、一歩を踏むと同時に魔剣を振るう。

鋭く、速く、力強い。

風を切る音がした。

女子生徒が目を見開く。

「動きやすさがぜんぜん違う！」

「重心が安定したためだ。正しい姿勢とは、重心が安定する姿勢のこと。もっとも動かしにくい部分である重心が安定すれば、動きやすさは段違《だんちが》いになる」

「こんなに変わるなんて……ありがとうございます！」

女子生徒が人懐《ひとなつ》っこい笑顔を浮かべ、ペコリと頭を下げた。

目を細め、俺も礼を返す。

「むぅ……！」

そんな俺たちを眺め、セシリアが頬を膨らませていた。

はて？　どうしたのだろうか？


ホークヴァン魔導学校の一日のカリキュラムが終わった。

俺とセシリアは帰路《きろ》につくため、校舎の廊下を歩いていた。

「教師業ははじめてだが、授業は上手くできていただろうか？」

「はい！　とてもわかりやすかったです！」

「それはよかった。ところで、セシリア？」

「なんでしょう？」

俺は傍《かたわ》らにいるセシリアを見やる。

「なぜ俺の腕を抱いているのだ？」

俺の左腕を抱きしめている、セシリアを。

ずっと疑問に思っていた。

2－Sの授業を終えてから、俺に密着したり、腕を絡めたりと、セシリアの距離感がやたら近いのだ。

「ねえ、あのふたりってもしかして……」

「だよね？　そういう関係だよね？」

「イサム先生はセシリアさんの執事って聞いてたけど、そうだったんだねー」

「教師と生徒、かつ、ご主人さまと執事の関係……燃えるわ」

加えて、俺とセシリアの様子に、周りの生徒がざわついたり、興味津々と眺めてきたり、黄色い声を上げたりしている。

一体、なにが起きているのだろうか？

「その……わたしにもよくわからないんです」

俺が首を捻っていると、セシリアが戸惑ったように視線を逸《そ》らしながら、答えた。

「イサム様の側《そば》にいたくて、くっつきたくて仕方ないといいますか……」

「どうしてそのような心情になったのだ？　思い当たる節《ふし》はないか？」

「イサム様が授業をされていた途中、女子生徒に触れていましたよね？　そのとき、ムシャクシャといいますか、モヤモヤといいますか、不快な感覚がしまして……くっつきたくなったのはそれからです」

言われてみれば、俺が女子生徒に指導していたとき、セシリアは頬を膨らませていた。あれは苛立《いらだ》っていたからのようだ。

しかし、俺が女子生徒に触れたら、なぜセシリアがくっつきたがるようになったのだ？　まったく無関係ではないか。因果関係《いんがかんけい》が見えないぞ？

「うーむ」と唸《うな》っていると、セシリアが気落ちしたようにうつむいた。

「最近、自分で自分がわからないんです。先日、マルクール教授がイサム様に身を寄せたときも、今日みたいにモヤモヤした気分になって……申し訳ありません」

「なぜ謝る？」

「勝手に機嫌を悪くしたり、くっついたりして、イサム様に迷惑をおかけしているからです」

セシリアは迷子のように不安そうな顔をしている。

俺はセシリアの頭に手を置いた。

叱られると思ったのか、セシリアがビクリと震える。

俺はゴールデンブロンドの髪を優しく撫でた。

「迷惑などではない」

「本当、ですか？」

ビクビクしながら見上げてきたセシリアに、「ああ」と微笑みかける。

「二〇〇年後の世界に飛ばされ、孤独に襲われていた俺を、セシリアは救ってくれた。あのときから、俺の居場所はきみの隣なのだ。どうして迷惑などと思えようか？」

「ですが、イサム様を救うように命じたのは、わたしのご先祖様ですよ？」

「たしかにその通りだ」

セシリアの眉が下がった。

「だが」と俺は続ける。

「実際に俺を救ってくれたのはセシリアではないか。俺の面倒を見てくれているのもセシリアではないか」

そう。きっかけはロランとマリーの言伝《ことづて》だろうが、俺を救ったのはセシリア自身の意思なのだ。

「だから、俺の側《そば》にいたいなら、いくらでもいてくれて構わない」

「よろしいのですか？」

「ああ。俺も、セシリアと触れ合っていると心地《ここち》がよいからな」

「そうですか」

安堵《あんど》したように、セシリアの頬がゆるむ。

委《ゆだ》ねるように、甘えるように、セシリアが身を寄せてきた。

俺はセシリアの頭を撫で続けた。


窓のない部屋があった。

いくつもの棚、工具、機材。

床には、作りかけの魔導兵装や、その設計図が散乱している。

ここはベルモット家の研究室だ。

「ついに完成だ！」

研究室にはエリュの姿があった。

「ずっと目指していた、魔導兵装を超える武器！　世紀の大発明だよ！」

エリュの前にあるテーブルには、血管のような模様が描かれた、連接剣《れんせつけん》が置かれている。

連接剣を眺めながら、エリュは頬をつり上げた。

「次は実証実験だ。これがいかに優れているか確かめないといけない。実際に、魔導兵装とぶつけてね」

エリュが恍惚《こうこつ》とした笑みを浮かべた。

「あはははっ！　楽しみだなぁ！　どれほどの性能を見せてくれるかなぁ！」

まるでなにかに取り憑《つ》かれたかの如く、エリュが哄笑《こうしょう》する。

テーブルに置かれた連接剣。その鍔《つば》には、血のように赤い結晶が埋め込まれていた。

結晶の中心は闇ほど黒く、生きているかのように蠢《うごめ》いていた。

混乱と裏切りと戸惑い

はじめての授業を行ってから半月が経った。

十一時過ぎ、俺はホークヴァン魔導学校の廊下を進み、グラウンドに向かっていた。２－Ｓクラスの生徒たちに剣を教えるためだ。

２－Ｓクラスの生徒たちはのみ込みが早い。俺のアドバイスを真摯《しんし》に受け止め、着々と剣の基礎を築いている。

流石《さすが》にセシリアには敵わないが、剣士としては及第点《きゅうだいてん》だ。そろそろ武技の伝授に入ってもいいだろう。

生徒たちの成長度合いを踏まえつつ、俺は今日の授業内容を考える。

「イサムさん！」

背後から声をかけられたのはそのときだ。

振り返ると、ヴァリスがこちらに駆け寄ってきている。

ヴァリスは神妙《しんみょう》な顔つきをしていた。

「どうした、ヴァリス」

「お伝えしたいことがあるのですが、大丈夫ですか？」

「構わぬ」

俺が首を縦に振ると、ヴァリスは周りにキョロキョロと目をやった。聞き耳を立てている者がいないか、確かめているように映る。

誰かに聞かれたらマズい話なのだろうか？　厄介事《やっかいごと》の臭いがするな。

俺は眉をひそめる。

辺りに誰もいないことを確認し、ヴァリスが小声で伝えてきた。

「実は昨晩、ホークヴァン魔導学校の近くで魔族を目撃したんです」

「それはまことか!?」

俺は瞠目《どうもく》した。

硬い顔で、ヴァリスが「ええ」と答える。

「魔族は何者かと接触していました。詳しく調べることはできませんでしたが、おそらく取引していたと思われます」

「魔族と取引か……穏やかな話ではないな」

俺は渋《しぶ》い顔をする。


――近頃《ちかごろ》、魔族が関わったと思《おぼ》しき事件が発生しているのです。

先日、スキールからそう伝え聞いていた。

魔族が生き延び、人間に復讐しようと企《たくら》んでいる可能性がある。その対抗手段として、俺はホークヴァン魔導学校の生徒たちに、武技を教えることになった。

ヴァリスの目撃した魔族が、スキールの言っていた事件に関わった可能性は高い。しかも、ヴァリス曰《いわ》く、魔族には取引相手がいたらしい。人間側にも魔族の協力者がいるということだ。

予想以上に深刻な事態だ。早急に解決に当たらねば。

「他の者にも知らせたのか？」

「お伝えしたのは、イサムさんとホークヴァン校長にだけです。魔族に対抗できるだけの力を持つ方は、私の知る限りおふたりだけですから」

「いい判断だ。イタズラに混乱を招きたくはないからな」

ヴァリスが同意の頷《うなず》きを返す。

この街で魔族が暗躍《あんやく》していると皆《みな》が知れば、間違いなくパニックが起きる。魔族の出現に冷静に対応できる人材のみで解決に当たるべきだ。

ホークヴァン魔導学校の教師になった際、俺が勇者パーティーの一員だったことを、スキールは教員たちに告げた。

もちろんヴァリスも知っている。だからこそヴァリスは、魔族の出現を俺に明かしたのだろう。

ヴァリスの適切な判断に感謝しながら、俺は決意した。

「その魔族は俺が討つ。勇者パーティーの一員としてな」

魔族の討伐は急《きゅう》を要《よう》する。

かといって、授業をおろそかにしてはいけない。むしろ必要性は増すだろう。万が一、生徒が魔族と遭遇《そうぐう》した場合、自衛力は必須《ひっす》となるのだから。

俺は予定通り、グラウンドで授業を行っていた。

「今日から、きみたちには武技の修得に挑んでもらいたい」

２－Ｓの生徒たちがざわついた。

「武技って、失われた戦闘技能のことですよね？」

「先生は修得しているんですか？」

「ああ。俺が教師になったのは、きみたちに武技を教えるためだ」

生徒たちが目を丸くする。

驚くのも無理はない。魔導兵装の台頭《たいとう》により、武技は過去の技能となったのだ。武技を扱う者がいるとは思いもしなかっただろう。

「武技は身体能力を大幅に上昇させる。魔剣と併用できるようになれば、きみたちはより剣の高みに近づけるだろう」

「俺たちでも修得できるんですか？」

「時間はかかるだろうが確実にできる。いや、させてみせる」

俺が断言すると、生徒たちは顔つきを凛々《りり》しいものにした。

武技を修得する覚悟ができたらしい。

俺は満足の笑みを浮かべ、武技修得の第一段階に入る。

教えるのは、セシリアに伝授したときと同じ、調息《ちょうそく》だ。

「まず、魂力を認識するために、きみたちには調息を行ってもらいたい」

「調息？」

「武技の一種ですか？」

聞き慣れない単語に、生徒たちが首を傾《かし》げた。

俺は説明のために口を開く。

「調息とは――」

だが、説明は中断された。

グラウンドの真横。本校舎の壁が、轟音《ごうおん》とともに吹き飛んだからだ。

女子生徒たちが悲鳴を上げ、男子生徒たちが肩を跳ねさせる。

2－Sの生徒たちが動揺するなか、俺は即座に刀を抜き、臨戦態勢《りんせんたいせい》をとった。

刀を正眼《せいがん》に構え、粉砕された壁のほうを見据《みす》える。

もうもうと砂煙が立ちこめるなか、人影が映った。

砂煙が徐々に収まり、人影の正体が明らかになる。

俺は眉をひそめた。

「なにをしている、ヴァリス？」

そこにいたのは、先ほど俺に魔族の目撃を知らせたヴァリスだ。

ヴァリスは、魔剣と思しき武器を手にしていた。血管のような紋様《もんよう》が描かれた連接剣だ。

連接剣はその剣身《けんしん》を伸ばし、さながら威嚇《いかく》する蛇のように宙をうねっている。十中八九、壁を吹き飛ばしたのはあの連接剣だろう。

しかし、なぜヴァリスがこのようなことを？

俺が疑問を抱くなか、ヴァリスが叫んだ。

「皆さん、逃げてください！」

同時に連接剣が振るわれ、伸張《しんちょう》した剣身が生徒たちに襲いかかった。

生徒たちが悲鳴を上げる。混乱のなかにあるのか、応戦できそうな者はひとりもいない。

「させん！」

生徒たちを庇《かば》うため、瞬時に俺は前に出た。

生徒たちを突き刺そうとする連接剣。その切っ先に逆袈裟《ぎゃくけさ》の一撃を見舞う。

連接剣の切っ先が弾かれ——そこから紫色の液体が放たれた。

「むっ!?」

咄嗟《とっさ》に右に跳び、紫色の液体を避ける。

紫色の液体が地面に滴《したた》る。そこからシュウシュウと煙が上がり、地面が黒く変色していった。

物質を腐食《ふしょく》させる毒液のようだ。

まともに浴びていたら危なかった。躱《かわ》したのは正解だな。

一息つき、俺はヴァリスを睨み付ける。

「なんのつもりだ？」

「違うんです！　この剣が勝手に……!!」

ヴァリスは酷く狼狽《ろうばい》した様子で弁明《べんめい》した。

剣が勝手に？　ヴァリス本人の意思ではないということか？

ヴァリスが握る連接剣に目をやる。

連接剣に描かれた血管のような紋様は、ヴァリスの手にまで走っていた。まるで寄生しているかの如《ごと》く。

信じがたい話だが、ヴァリスはあの剣に操られているのか？

考えてみれば、あの連接剣は自在に動くうえに腐食毒まで放てる。複・数・の・能・力・を・有・し・て・い・る・。

魔導兵装に組み込める魔法式はひとつだけ。つまり、あの連接剣は魔導兵装ではない。俺の知らない異質な武器だ。

俺は連接剣の観察を続け——息をのむ。

連接剣の鍔《つば》に、血のように赤い、結晶が埋め込まれていたからだ。

「『魔族核《まぞくかく》』だと!?」

中心で闇が蠢《うごめ》くあの結晶は、魔族の心臓にあたる『魔族核』。魔族の力の源《みなもと》だ。

どうやらあの連接剣は、魔石の代わりに魔族核を用いているらしい。

だとしたら、ヴァリスが操られていてもおかしくない。魔族核には、その魔族の意思が宿っている。二〇〇年前にも、魔族核を利用しようとして、意識を乗っ取られた者がいたからな。

つまり、ヴァリスは加害者ではなく被害者。何者かに嵌《は》められ、連接剣に体の自由を奪われたのだ。

「ヴァリス！　その連接剣は誰に渡された!?」

「そ、それは——」

動転しながらも、ヴァリスが口を開く。


「ボクだよ」


答えたのはヴァリスではなかった。

その声を耳にして、俺は愕然《がくぜん》とする。

ヴァリスが校舎の壁に開けた穴。そこから小柄な少女が現れた。

琥珀色《こはくいろ》のツインテールと、ダボダボな白衣が風に揺れる。

信じがたい気持ちで、俺は少女の名を呼んだ。

「……エリュ」

少女——エリュ＝マルクールが、金色の瞳を猫のように細めた。

「あの連接剣は『バイパー・ダンサー』。ボクの会心《かいしん》の一作だよ」

「……武器に魔族核を用いたのか？」

「そ。魔導兵装を超える武器『顕魔兵装《けんまへいそう》』。使用者の体が乗っ取られちゃうのが玉《たま》に瑕《きず》だけどね」

あっけらかんとエリュは笑う。緊迫感が漂《ただよ》う現状にそぐわない、無垢《むく》な子どものような笑みが不気味だった。

「マルクール教授……どうしてこんなことを……」

俺と同じく信じられないらしい。セシリアが震える声でエリュに尋ねる。

エリュはキョトンとした顔で小首を傾げた。なぜ咎《とが》められているのかわからないと言いたげな態度だ。

「より優れたものを生み出したいって思うのは、研究者の性《さが》でしょ？」

「優れた、もの？」

「そうだよ、セシリアくん。モンスター討伐に大いに貢献《こうけん》した魔導兵装。その魔導兵装すら超える武器が顕魔兵装なんだよ！」

自慢げに語るエリュに、罪を感じている様子は一切ない。

――実は昨晩、ホークヴァン魔導学校《こ　こ》の近くで魔族を目撃したんです。

――魔族は何者かと接触していました。詳しく調べることはできませんでしたが、おそらく取引していたと思われます。

ヴァリスが目撃した、魔族と取引していた者とは、エリュのことだったのか？　魔族の協力者はエリュだったのか？

信じられない。いや、信じたくない。

俺はグッと歯噛みした。

「さて。ボクはこの辺でお暇《いとま》するよ」

「どこに行くつもりだ？」

「バイパー・ダンサーのほかにも顕魔兵装があってさ。実証実験がしたいんだ」

エリュの視線が、グラウンドの向こうにある演習場に向けられた。

演習場では、５－Ｓクラスの授業が開かれている。

エリュがニッコリ笑った。

「やっぱり、実際に魔導兵装とぶつけてみないと性能がわかんないからね」

「５－Ｓの生徒たちを襲うつもりか⁉」

「テストには申し分ないでしょ？　じゃ、行ってくるね」

ピクニックに向かう子どものようにウキウキした足取りで、エリュが演習場へと歩き出す。

行かせてはならぬ。ここで止めねばならぬ。

エリュは、敵だ。

迷いを断ち切り、俺はエリュを止めるべく駆けだした。

風を切り、一直線にエリュへと向かう。

「避《よ》けてください、イサムさん！」

ヴァリスが声を張り上げた。

俺の左側面からヴァリスが迫り、連接剣を振るっている。

俺の進路を阻《はば》むように、連接剣が弧《こ》を描いて襲いかかってきた。

俺は舌打ちして飛び退《すさ》る。

ヴァリスが俺の前に立ちはだかった。

「ここは任せたよ、バイパー・ダンサー」

俺たちへの興味を失ったかのように、エリュは振り返ることなく去っていった。

このままでは5－Sの生徒たちが危ない。

「足止めを食っている暇《ひま》はないのだ！」

うねるバイパー・ダンサーを見据え、俺は地を蹴った。疾風《はやて》を用い、ヴァリス目がけて風となる。

いくつにも分かれた、バイパー・ダンサーの剣身。それらが四方八方から腐食毒を放ってきた。

俺は左右に跳び、ときに速度に緩急《かんきゅう》をつけ、腐食毒を躱していく。

軽やかなステップワークで腐食毒を回避しながら、俺は刀に魂力をまとわせた。

『錬《れん》』――魂力を武器にまとわせ、威力・耐久力を上げる武技。俺の錬で強化された刀は、鉄すらも斬り裂く。

腐食毒の包囲から抜けだし、俺は刀を振り上げた。狙いは、バイパー・ダンサーの剣身を繋ぐ、金属線。

「疾《し》っ！」

バイパー・ダンサーを両断すべく、俺は刀を振り下ろした。

が、刀が金属線に届く寸前、バイパー・ダンサーは海老《えび》反《ぞ》りするように引っ込んだ。俺の刀は空《くう》を切る。

斬撃を躱したバイパー・ダンサーは剣身を縮め、ヴァリスの周囲で滞空していた。まるで、とぐろを巻く蛇だ。

俺は推察する。

攻めではなく、守りを重視しているのか。

バイパー・ダンサーの目的は、俺を演習場に向かわせないこと。即《すなわ》ち、時間稼ぎだ。無理に攻める必要はない。俺の攻めに対応できればそれでいいのだ。

「面倒な……」

俺は舌打ちした。

バイパー・ダンサーの戦力は把握した。俺を倒すには力不足も過ぎる。

だが、守勢《しゅせい》に立たれれば時間を稼がれてしまうだろう。

その時間稼ぎが俺にとっては致命的だ。俺が手間取っているあいだに、５－Ｓの生徒たちが

危機に見舞われてしまうのだから。

一秒でも早くエリュを追いかけねばならないというのに……！

「お手伝いします、イサム様！」

俺が歯を軋《きし》らせていると、セシリアが声を上げた。

いまだに怯《おび》える生徒たちのなかから歩み出たセシリアは、背中に負ったセイバー・レイを抜く。

「わたしがバイパー・ダンサーを引きつけて、動きを封じます。その隙《すき》に、イサム様が破壊してください」

「できるのか？」

「できます」

問うと、セシリアは迷いなく頷いた。

「わたしは、イサム様の弟子ですから」

エメラルドの瞳には、闘志が宿っている。

俺は、フ、と笑った。

愚問《ぐもん》だった。無粋《ぶすい》だった。

セシリアがやると言ったのだ。師である俺が信じずに、誰が信じるというのか。

俺は答える。

「任せた」

「はい！」

セシリアが力強く返事をして、セイバー・レイを構えた。

深く息を吸い、長く吐いて——セシリアが走り出す。

接近するセシリアに、バイパー・ダンサーが反応した。剣身をらせん状にくねらせながら、セシリアに襲いかかる。

それに対し、セシリアはまぶたを伏せた。

規則性のない動きで迫ったバイパー・ダンサーが、不意に斜め上からセシリアに斬りかかる。左肩から右脇腹までを裂く軌道。

不意にセシリアがカッと目を見開いた。

バイパー・ダンサーの剣身が、風音《かざおと》を立てる。

硬質な金属音が響いた。

セシリアの体には傷ひとつない。

バイパー・ダンサーの斬撃を、セイバー・レイで受け止めたからだ。

俺との鍛錬《たんれん》により、セシリアはふたつ目の武技を修得している。視力を強化する審眼《しんがん》だ。

セシリアは審眼を用い、バイパー・ダンサーの斬撃を見切ったのだ。

バイパー・ダンサーの攻撃は終わりではなかった。

バイパー・ダンサーの剣身が『し』の字にくねる。背後からセシリアを突き刺すつもりだろう。

俺は動かなかった。セシリアを助けに向かわなかった。

セシリアを信じているからだ。

セシリアが両脚に魂力を集める。

バイパー・ダンサーの切っ先が、セシリアの背を貫《つらぬ》かんとする。

「読んでますよ」

セシリアが反時計回りにターンしながら地を蹴った。疾風を用いたステップは、バイパー・ダンサーと同じく『し』の字を描く。

セイバー・レイが、セシリアのターンに合わせ、バイパー・ダンサーの剣身を滑《すべ》った。

その途中、バイパー・ダンサーの剣身と剣身を繋ぐ金属線の部分へ、セシリアがセイバー・レイを押し込んだ。バイパー・ダンサーの剣身に、セイバー・レイを引っかけるようにして。

セシリアがセイバー・レイを横倒しにする。セイバー・レイに引っかけられたバイパー・ダンサーは、その動きに抗《あらが》えない。

結果、バイパー・ダンサーの切っ先は地面に突き立った。セシリアの手で地面に縫《ぬ》い付けられたのだ。

「いまです！」

「応《おう》っ！」

俺は駆けだした。

バイパー・ダンサーが剣身を引っ込めようとするが、セシリアがそれを許さない。切っ先を地面に押し込み、バイパー・ダンサーの動きを封じる。

好機《こうき》。

俺は錬により強化した刀を、バイパー・ダンサーの剣身に突き立てた。

「おおぉおおおおおおおおおおおおおお!!」

そのまま駆ける。バイパー・ダンサーの剣身を割り開きながら駆ける。

ヴァリスのもとにたどり着き、俺は刀を振り抜いた。

「破《は》ぁっ!!」

一刀《いっとう》。

バイパー・ダンサーの鍔に埋め込まれた魔族核が割断《かつだん》される。

魔族核を失うと同時に、バイパー・ダンサーの剣身に描かれていた、血管のような紋様が消えた。

ヴァリスの手から、バイパー・ダンサーの柄《つか》がこぼれ落ちる。ヴァリスは体の自由を取り戻したのだ。

ヴァリスが両膝をついた。

「大事はないか、ヴァリス」

「ええ。助かりました」

ヴァリスが俺を見上げて苦笑する。疲弊《ひへい》してはいるが、衰弱《すいじゃく》はしていないようだった。

俺は胸を撫で下ろす。

直後、爆音が轟《とどろ》いた。

俺は爆音がした方向を見やる。爆音の発信地は、グラウンドの向こうにある演習場だった。

演習場からは黒煙《こくえん》が上がり、生徒たちのものと思《おぼ》しき悲鳴が聞こえてくる。

エリュが顕魔兵装の実証実験をはじめたのだろう。

「行ってください、イサムさん！」

ヴァリスが俺に訴える。

「２－Sの生徒たちは私が避難させます！　エリュ教授を止めてください！」

「ああ！　生徒たちを頼む！」

ヴァリスにこの場を任せ、俺は疾風を用いて演習場に急いだ。


演習場の舞台は阿鼻叫喚《あびきょうかん》の様相を呈していた。

逃げ惑う生徒たち。

粉砕された岩場。

あちこちで立ち上る黒煙。

演習場に災《わざわ》いをもたらした元凶は、宙を羽ばたいていた。

コウモリのそれに似た翼。

爛々《らんらん》と光る双眸《そうぼう》。

幾本《いくほん》もの牙が並ぶ大口。

丸太の如き太さの、腕と脚。

鞭《むち》のように長い尾。

ドラゴンの姿をしたバケモノだ。

バケモノの肉体は、胴体にある逆三角形の器具を中心として、炎で形成されていた。逆三角形の器具には魔族核が埋め込まれている。あのバケモノも顕魔兵装なのだろう。

魔導兵装には、魔剣・魔銃・魔精の三つが存在する。あのバケモノは魔精型の顕魔兵装ということか。

演習場の外周から状況を確認しつつ、俺はそう推察《すいさつ》した。

生徒たちは混乱のただ中にあるが、ケガを負った者はいない。おそらく、演習場の効果によるものだ。

演習場は巨大な魔導具で、内部にいる者が一定以上のダメージを負うと、障壁《しょうへき》で守る仕組みになっている。

魔精型の顕魔兵装に襲われながらも、演習場の術式を維持してくれている者がいる。その者のおかげで、生徒たちは助かっているのだ。

「うーん。これじゃあ、実験にならないよ。逃げ回ってないで反撃してほしいなぁ」

舞台の中央にいるエリュが、残念そうに唇を尖らせた。

エリュの隣には、大砲のような兵器が置かれている。

エリュは腕組みして唸《うな》り――なにか閃《ひらめ》いたかのように顔を明るくした。

「そうだ！　演習場の障壁が解除されれば、死《し》に物狂《ものぐる》いで挑んできてくれるかも！」

エリュの視線が演習場の外周：南部に向く。

そこにはひとりの女性教師がいた。女性教師は必死の形相《ぎょうそう》で、目の前にある台座に手をかざしている。彼女が演習場の障壁を発動してくれているのだ。

「『エヴィル・クリムゾン』、やっちゃえ！」

エリュが、宙で羽ばたく魔精――エヴィル・クリムゾンに命じる。

エヴィル・クリムゾンが大口を開け、火炎弾を吐き出した。

岩石ほどもある巨大な火炎弾が、女性教師に迫る。

女性教師は恐怖に顔を引きつらせるが、それでも逃げようとしなかった。自分より生徒たちを優先したのだろう。

火炎弾はもはや女性教師の目前。彼女が消し炭になるまで間《ま》はない。

させぬ。

俺は体を前傾《ぜんけい》させ、風を超えた。

自らを神速へと導く武技『縮地《しゅくち》』。

一瞬で女性教師のもとまで移動し、火炎弾に袈裟《けさ》斬りを見舞う。

「破ぁっ！」

両断。

魔力により発生した事象を打ち消す武技『破魔《はま》』により、火炎弾は大気に散った。

俺は振り返り、青ざめた顔をしている女性教師に尋ねる。

「無事か？」

「は、はい」

「きみのおかげで生徒たちが傷つかずにすんだ。よく持ちこたえてくれたな」

女性教師に礼を言って、俺はエリュとエヴィル・クリムゾンを見据えた。

「あとは俺に任せろ」

演習場の外周から飛び降りる。

タンッ、と軽い音を立てて着地した俺は、疾風を用い、一〇秒と経たずしてエリュのもとにたどり着いた。

俺の姿を捉え、エリュが目を丸くする。

「もう来たの？　バイパー・ダンサーが足止めしてくれたはずなのに」

「あれならすでに破壊した」

「むぅ……自信作だったのに……」

悪《わる》びれることなく、エリュが頬を膨らませた。

「もうやめろ、エリュ。発明は人々の暮らしを豊かにするためにあるのだ。人々を傷つけてどうする」

「意見の食い違いだよ、イサムくん。ボクにとっての発明は、自分が楽しむためにすることなんだ。言ったでしょ？　ボクは好きなことをトコトン突き詰めたいんだ、って」

俺が説得するも、エリュは聞く耳を持たない。

それどころか、俺に要請《ようせい》してきた。

「魔導兵装との実証実験ができなかったからさ？　イサムくんが代役を務めてよ」

「なに？」

俺は眉をひそめる。

エリュが無邪気《むじゃき》な笑顔を浮かべた。

「『剣聖』のきみを倒せれば、顕魔兵装が如何《いか》に優れているかわかるしね！」

俺は拳を握りしめ――ふ、と力を抜いた。

諦めとともに息をつく。

説得は不可能か……やむなし。

ならば、これ以上の被害を出さないため、エリュを止める。

覚悟を決め、俺は疾風を用いた。

エヴィル・クリムゾンの主《あるじ》はエリュだ！　エリュを倒せば混乱は収まる！

エリュ目がけ、一足跳《いっそくと》びに駆ける。

「ボクじゃなくてエヴィル・クリムゾンと戦ってもらわないと困るよ」

エリュが不満げに嘆息《たんそく》して、「でも」と続けた。

「こっちの性能も確かめられるし、まあ、いっか」

隣にある兵器に、エリュが手を伸ばす。

酒樽《さかだる》ほどもある円筒《えんとう》に、車輪をつけたような兵器だ。円筒にはいくつもの銃口が、円を描くように取り付けられている。

円筒の横から伸びた取っ手を握り、エリュが並ぶ銃口をこちらに向けた。

「火を噴け、『ミリオン・ボルト』！」

銃口のひとつから稲光《いなびかり》が迸《ほとばし》る。

稲光は雷の槍となり、俺を貫かんとしてきた。

審眼で雷槍《らいそう》の軌道を見切り、焦りなく破魔で打ち消す。

銃撃は終わらなかった。

ふたつ目の銃口から雷槍が放たれる。

さらに、三発、四発、五発、六発、七発八発九発一〇発……と、断続的に雷槍が射出された。

絶え間ない銃撃！　ここまでの速度で連射できる魔銃は見たことがない！

俺は瞠目《どうもく》し、エリュへの接近を諦め、回避行動をとった。

雷槍の乱れ打ちから逃れるために横っ飛びした俺に、エリュが歯を見せるように笑う。

「スゴいでしょ！　ミリオン・ボルトは連射機構を搭載した、世界初の魔銃！　ボクの最新作だよ！」

宝物を見せつける子どものように、エリュは自慢げだった。

純粋な笑顔が残虐《ざんぎゃく》な行動とは酷くちぐはぐで、俺は顔をしかめる。

そんななか、頭上のエヴィル・クリムゾンが、俺を狙って火炎弾を放ってきた。

雷槍を回避した勢いそのままに、俺は速度を緩《ゆる》めずジグザグに走る。

火炎弾が俺の軌跡を追いかけるように着弾し、岩場を爆砕していった。

エヴィル・クリムゾンの爆撃は続く。次々と射出される火炎弾はまるで無尽蔵《むじんぞう》だ。

俺はエリュに背を向け、エヴィル・クリムゾンの戦力を分析しながら、石柱《せきちゅう》や岩塊《がんかい》を遮蔽物《しゃへいぶつ》として火炎弾を凌《しの》ぐ。

いつまでも俺を仕留められないことに苛立《いらだ》ったのか、エヴィル・クリムゾンが次の手を打ってきた。

エヴィル・クリムゾンが両腕を伸ばす。その手のひらに火の玉が生じた。

火の玉がエヴィル・クリムゾンの手を離れる。

火の玉はフヨフヨと宙を漂い――破裂音《はれつおん》を立てて激しく燃え上がった。

燃え上がった火の玉は膨張《ぼうちょう》し、伸張《しんちょう》し、かたちを変えていく。

やがて形成されたのは小型のドラゴン。エヴィル・クリムゾンと瓜二《うりふた》つの分身体だった。

二体の分身体が、左右から弧を描くようにして飛んでくる。

俺は片時《かたとき》も休まずに走り、遮蔽物も利用して、分身体を撒《ま》こうとする。

だが、できない。

分身体は執拗《しつよう》に俺を追いかけ、距離を縮めていった。

逃亡は不可能。

なら、斬り捨てるまで。

決断。即行。

全速疾走から急停止、一拍《いっぱく》の間も置かずに急発進。

『V』の字を描くように軌道を変え、右から飛来《ひらい》した分身体に刀を振るう。

「疾っ！」

分身体が上半分と下半分に分かれた。

真っ二つになった分身体は、しかし、命を燃やすかの如く煌々《こうこう》と輝き――爆《は》ぜた。

炸裂。轟音。紅蓮《ぐれん》。

天を焦がさんとばかりに火柱がそびえ立つ。

「……間一髪《かんいっぱつ》だったな」

俺は、ふぅ、と息をついた。

分身体の爆発を察知し、寸前で飛び退《しさ》っていたのだ。

分身体は自律して獲物《えもの》を追うだけでなく、それ自体が途方《とほう》もない威力を秘めた、爆炎塊《ばくえんかい》らしい。面倒な相手だ。

止まっている暇はない。背後から、もう一体の分身体が追ってきている。

俺は来た道と逆、エリュとエヴィル・クリムゾンがいる方向に走り出した。

走ってくる俺に気づいたエヴィル・クリムゾンが、天を仰《あお》ぐ。

風の鳴る音がした。どうやらエヴィル・クリムゾンが大気を取り込んでいるらしい。

エヴィル・クリムゾンの胸元がブクリと膨らむ。

エヴィル・クリムゾンが俺を睨《にら》み付け、顎《あぎと》を開けた。

竜の吐息《ドラゴン・ブレス》。

紅《あか》い奔流《ほんりゅう》が放たれる。

それはさながら炎の津波《つなみ》。俺の視界を紅く染め、炎光《えんこう》と熱圧《ねつあつ》が迫りくる。

俺は刀を下段に構え、掬《すく》うようにして斬り上げた。

破魔。

紅い奔流が打ち消される。

が、吐息《ブレス》に対処しているあいだに、分身体が俺に追いついていた。

俺に肉迫した分身体が太陽の如く煌《きら》めき、爆発炎上する。

熱風と衝撃が俺を襲う――寸前。

俺は振り向き様《ざま》に破魔を繰り出し、分身体の自爆攻撃をかき消した。

「さっきから防戦一方だね。『剣聖』といえど、顕魔兵装には敵わないのかな?」

エヴィル・クリムゾンの熾烈《しれつ》な攻撃を凌ぐなか、エリュのからかうような声が聞こえてくる。

「いいね！　やっぱりボクの発明は素晴らしい！　『剣聖』を追い詰めているんだ！　顕魔兵装は魔導兵装を凌駕《りょうが》しているよ！」

視界の端《はし》に映るエリュは、「うんうん」と満足げに頷き、俺にミリオン・ボルトの銃口を向けた。

「実験は終了だ。いいデータが取れたよ、イサムくん」

雷槍が乱射される。

即座に俺はエリュのほうに向き直り、破魔を繰り出した。

雷槍、破魔、雷槍、破魔、雷槍破魔雷槍破魔雷槍破魔雷槍破魔雷槍破魔雷槍破魔……。

横殴りの雨の如き連射を、俺はひとつ残らず打ち消していく。

エリュが目を丸くした。

「驚いたなぁ！　ミリオン・ボルトの連射に耐えられるひとなんて、いるとは思わなかったよ！」

でも、

「連射に対処しながら、エヴィル・クリムゾンの相手をすることはできないでしょ？」

エリュが口端《くちは》を上げる。

影が差した。

エヴィル・クリムゾンが、俺目がけて飛び込んできているのだ。

エヴィル・クリムゾンが大口を開ける。巨大な火炎体《かえんたい》が、俺を押しつぶさんと迫りくる。

エリュが笑った。

「さよなら、イサムくん」

エヴィル・クリムゾンが衝突《しょうとつ》し、紅《くれない》が迸《ほとばし》る。

辺りは火の海になった。

「いい出来だとは思ってたけど、まさか『剣聖』を倒せるとはねぇ。ホント、顕魔兵装は世紀の大発明だ！」

エリュが意気揚々《いきようよう》と万歳《ばんざい》する。

「性能は確認できた。実戦投入も可能だろう。満足満足」

「さて」とエリュが踵《きびす》を返した。

「行こうか、エヴィル・クリムゾン。今度は戦場で力を振るってもらうからね」

エリュがエヴィル・クリムゾンに呼びかける。

エヴィル・クリムゾンは動かない。火の海に佇《たたず》んでいた。

「なにしてるの？　行くよ、エヴィル・クリムゾン」

エリュが再びエヴィル・クリムゾンに呼びかける。

エヴィル・クリムゾンはそれでもなお動かない。火の海に佇んでいた。

「……エヴィル・クリムゾン？」

エリュが怪訝《けげん》そうに首を傾げる。


「秘剣《ひけん》の六――『空蝉《うつせみ》』」

エヴィル・クリムゾンの正中線《せいちゅうせん》に切創《せっそう》が走ったのはそのときだ。

エヴィル・クリムゾンの右半身と左半身が、ズレる。

「…………え？」

エリュが呆然と呟《つぶや》いた。

エヴィル・クリムゾンの巨体が、斬り開かれた果実のように左右に分かれ、消滅する。

エヴィル・クリムゾンの中心にあった、逆三角形の器具が分断され、地面に落ちて乾いた音を立てた。

エリュの瞳が、エヴィル・クリムゾンの先にいた俺を捉える。

顔にも、体にも、衣服にも、一切《いっさい》の傷を負っていない、俺を。

「ど、どうして？　きみはたしかに、エヴィル・クリムゾンに焼き尽くされたはずなのに……」

幽霊を目の当《ま》たり《あ》にしたかのように、エリュが声を震わせる。

俺は答えた。

「エヴィル・クリムゾンが焼いたのは、俺が作った残像。残像に気をとられているあいだに、俺はエヴィル・クリムゾンを断ち斬ったのだ」

「残、像？　そ、そんなこと、できるわけが……」

驚愕《きょうがく》にわななくエリュに、俺は言い放つ。

「俺を誰だと思っている。『剣聖』の名は飾りではないぞ」

「────っ！　バケモノめ!!」

エリュが息をのみ、ミリオン・ボルトの取っ手を握った。

「やられはしないよ！　ボクの魔力切れが先か！　きみが力尽きるのが先か！　我慢《がまん》比べをしようじゃないか！」

ミリオン・ボルトが火を噴く。雷槍の連射で俺をこの場に留《とど》め、持久戦に持ち込むつもりらしい。

残念だが、勝負にすらならんぞ、エリュよ。

俺は破魔で雷槍を打ち消しながら――エリュに向かって走り出した。

エリュがギョッとする。

「さっきは対処するだけで精一杯《せいいっぱい》だったのに!?」

「振り・・・・・・だ。そう思わせていただけだ。エヴィル・クリムゾンを誘うためにな」

俺がミリオン・ボルトの対処に手一杯《ていっぱい》になっていれば、間違いなくエヴィル・クリムゾンはそこをついてくる。身動きの取れない俺を仕留めるべく、トドメの一撃を見舞ってくるだろう。

それこそが、罠。

エヴィル・クリムゾンを返り討ちにするために、俺は一芝居《ひとしばい》打ったのだ。

絶え間なく破魔を繰り出しながら、俺は疾風を用い、エリュへと駆け迫る。

「く、来るな！　来るなぁああああああああああああああああ!!」

恐怖からか、エリュはガタガタと身を震わせていた。

「終わりだ、エリュ！」

エリュの胴を峰《みね》で薙《な》ぐ。

エリュの体が『く』の字に曲がり、吹き飛ばされて地面に転がった。

意識を失ったエリュを見下ろし、俺は歯噛みする。

勝利の高揚感《こうようかん》はなかった。

ただ、やるせなさだけがあった。

真相と大悪と修羅

身柄《みがら》を拘束されたエリュは、ホークヴァン魔導学校の校長室に運ばれた。

俺とスキールは、警察が到着するまでのあいだ、エリュを監視することにした。

エリュは気を失ったまま、縄に縛られた状態で、力なく壁に背を預けている。

「信じられません。なぜエリュ教授がこのようなことを……」

スキールが顔を覆って嘆《なげ》いた。

俺もスキールと同じ気持ちだ。エリュが悪事《あくじ》に走ったことが、いまだに信じられない。

——ボクにとっての発明は、自分が楽しむためにすることなんだ。言ったでしょ？　ボクは好きなことをトコトン突き詰めたいんだ、って。

生徒たちへの襲撃をやめるよう説得したとき、エリュはそう返した。エリュにとって、生徒たちの平穏よりも、顕魔兵装の実験のほうが優先度は高いようだった。

たしかにエリュは、研究を愛し、発明に喜びを見出《みいだ》す人種だ。

だが、俺とはじめて顔を合わせたとき、エリュはこうも言っていた。

――ボクのこれは、好きなことをトコトン突き詰めたいっていう病気みたいなものなんだけど、誰かの役に立っているならよかったよ。

そう口にするエリュは笑顔を浮かべていた。嬉しそうに、照れくさそうに、はにかんでいた。あの笑顔が偽りだとは思えない。誰かの役に立てることを、本心から喜んでいたとしか思えない。

だから、信じられない。エリュが生徒たちに牙を剥《む》くなど。

エリュ。きみは本当に、望んで生徒たちを襲ったのか？　きみは本当に、発明のために罪を犯したのか？

憂《うれ》いを感じながら、俺はエリュを見つめる。

それに気づいたのは、エリュを見つめていたからだった。

エリュの装着している片眼鏡《モノクル》が、魔力を帯びていた。

俺は怪訝《けげん》に思う。

エリュが気絶しているのに、なぜ魔力を帯びているのだ？

魔導具は、使用者が魔力を注ぐことで起動する。しかし、使用者であるエリュは気を失っている。片眼鏡が魔力を帯びているのはおかしい。

不審に思い、俺は両目に魂力を集めた。審眼を用い、魔力の流れを注視する。

俺は目を剥いた。

どこからか伸びてきた魔力線が、エリュの片眼鏡に繋がっていたからだ。

俺は表情を険しくする。

「尋ねたいことがある、スキール」

「は、はい。なんでしょうか？」

眼差しを鋭くした俺に戸惑いつつも、スキールが応じた。

「魔導具は、遠隔操作《えんかくそうさ》ができるものなのか？」

「ええ。すべてがそうではありませんが、魔精などは可能です」

「では、エリュの片眼鏡は遠隔操作が可能なタイプか？」

「いえ、違います。エリュ教授の魔導具は解析の魔法式が組み込まれたもので、遠隔操作する意味がありませんから」

「そうか……」

スキールの答えに頷《うなず》き、「ならば」と新たに問う。

「なぜ、エリュの片眼鏡は遠隔操作されている？」

スキールが目を見開いた。

俺は告げる。

「エリュの片眼鏡に魔力線が繋がり、どこからか魔力が送り込まれている。何者かが、エリュの片眼鏡を起動させているのだろう」

「まことですか!?　だとしたら……」

動揺するスキールに、「ああ」と俺は続けた。

「エリュの片眼鏡は、本来のものから別のものにすり替えられている」

「────っ！　調べます！」

スキールが己《おのれ》のデスクに急ぎ、引き出しから筒状の器具を取り出した。

戻ってきたスキールは筒状の器具を目に当て、取り外したエリュの片眼鏡をのぞき込む。

スキールが息をのんだ。

「たしかに、組み込まれている魔法式が違います」

硬い顔つきで、スキールが俺に伝える。

「これは解析の魔法式ではない。洗脳の魔法式です」

「やはりか」

俺は確信した。

「エリュは操られていた。何者かに利用されていたのだ」

言いながら、俺は激憤《げきふん》を覚えていた。

エリュは人々の役に立てることを喜んでいたのだ。そんなエリュに生徒たちを襲わせるなど、鬼畜《きちく》の所業《しょぎょう》としか言えぬ。

許せん。

絶対に許せん。

腹の底でグツグツと怒りが煮え立つ。

俺はギリッと拳を握りしめた。

「だとしたら、真犯人は誰なのでしょうか？　なにが目的でエリュ教授を操っていたのでしょうか？　どのような手段を用いて、エリュ教授の片眼鏡をすり替えたのでしょうか？」

顎《あご》に手を当てて、スキールが考え込む。

理性の限りを尽くして激情《げきじょう》を抑え込み、俺も黙考《もっこう》した。

おそらく真犯人の目的は、『エリュに顕魔兵装を作成させること』だろう。

エリュは魔導具・魔導兵装開発の天才。魔技師《まぎし》界の第一人者。その卓越《たくえつ》した頭脳を顕魔兵装の作成にあてさせるため、真犯人はエリュを操っていたのだ。

そのためにはエリュの片眼鏡をすり替えねばならない。また、顕魔兵装の材料を集める必要もある。

それらを実行できるのは誰だ？

思考に浸《つ》かり、真相を求め——俺は気づいた。

「ヴァリスだ」

「……私もそう思います」

俺が導《みちび》きだした結論に、スキールが渋《しぶ》い顔で同意する。

「エリュ教授はヴァリス准教授の研究室に籠《こ》もっていました。片眼鏡をすり替えるチャンスはいくらでもあったでしょう」

「加えて、ヴァリスは魔技師科の准教授《じゅんきょうじゅ》だ。魔導具開発のためと偽り、顕魔兵装の材料を集めることもできただろう」

　俺は振り返る。

　ヴァリスは俺とスキールにこう知らせた。

――実は昨晩、ホークヴァン魔導学校の近くで魔族を目撃したんです。

――魔族は何者かと接触していました。詳しく調べることはできませんでしたが、おそらく取引していたと思われます。

　その後、エリュが犯行に及《およ》んだ。そのため俺は、『魔族と取引していたのはエリュだ』と考えた。

　そう誤認《ごにん》させることが、ヴァリスの狙いだったのだ。

　ヴァリスはバイパー・ダンサーに操られていた。

――違うんです！　この剣が勝手に……!!

　その後エリュが、ヴァリスにバイパー・ダンサーを渡したのは自分だと告げた。そのため俺は、『エリュは加害者で、ヴァリスは被害者だ』と考えた。

　そう誤認させることが、ヴァリスの狙いだったのだ。

俺は歯噛《はが》みする。

まんまと騙された。すべて、ヴァリスの手のひらの上だったのだな。

俺が憤慨《ふんがい》するなか、スキールが眉を上げる。

「一刻も早くヴァリス准教授を捕らえましょう。彼は生徒たちの避難誘導をしているのですよね？」

「ああ。奴は２－Ｓの生徒たちを――」

そこまで口にして、俺はハッとした。


２－Ｓの生徒たちを？

いままでの出来事が、記憶の底から浮かび上がってくる。

――言葉の訛《なま》りから、おそらく、北東の街『パンデム』に住む方だったと思われます。いつもは撃退しているんですけど、今日は『魔導兵装《まどうへいそう》』がなくて……イサム様が助けてくださらなければ、さらわれているところでした。

俺がこの時代に飛ばされた日、セシリアはパンデムの者に誘拐《ゆうかい》されそうになっていた。

――ええ。エリュ教授のリクエストで、彼にはパンデムから魔石を仕入れてもらっているんです。エリュ教授曰《いわ》く、パンデムの魔石は良質とのことでして。

俺がベルモット家を訪れた日、ヴァリスはパンデムに使者を送っていると明かした。

――２－Ｓの生徒たちは私が避難させます！　エリュ教授を止めてください！

俺がバイパー・ダンサーを破壊したとき、ヴァリスは生徒たちの避難誘導を、自ら進んで引き受けた。

頭のなかで、それらの出来事が繋がっていく。

セシリアの誘拐犯はパンデムの者。

ヴァリスはパンデムと繋がりがある。

ヴァリスはエリュとの戦闘を俺に任せ、２－Ｓの生徒たちの避難誘導を買って出た――俺とセシリアを引き離した。

繋がった出来事はひとつの絵を描き、俺に真実を知らせた。

ヴァリスの真の目的は、セシリアだ。

途端《とたん》、激情。
視界が赤く染まる。
腹の底で熱塊《ねっかい》が暴れ回る。
全身の血が沸騰《ふっとう》したような錯覚。
いままで感じたことがないほどの憤怒《ふんど》。
「急いで警察に連絡を――」
「いらぬ」
スキールが口をつぐんだ。
顔中を冷や汗まみれにしながら、スキールが唾《つば》をのむ。
スキールは畏《おそ》れているようだ。
修羅《しゅら》の形相《ぎょうそう》をする、俺を。
「俺ひとりで事足《ことた》りる」
声すらも発せないスキールを置いて、俺は校長室をあとにした。
警察など必要ない。
警察などいてはならない。
ヴァリスをこの手で裁かなければ、俺の気が済まないのだから。

闇に沈んでいた意識が浮上していく。

わたし――セシリア＝デュラムはまぶたを開けた。

まず視界に映ったのは、床に散乱した、作りかけの魔導兵装や、魔導兵装の設計図。壁際には、本棚や工具・機材が設けられている。

寝起きの頭はぼんやりしており、ここがベルモット准教授の研究室だと理解するのに、たっぷり一〇秒は要した。

やがて頭の靄《もや》が晴れ、わたしは疑問を得る。

「どうしてわたしは、ベルモット准教授の研究室にいるんでしょう？」

たしかわたしは、ホークヴァン魔導学校でイサム様の授業を受けていたはずだ。

それなのに、なぜ？

順を追って思い出す。

イサム様の授業中、ベルモット准教授が襲いかかってきた。

ベルモット准教授は顕魔兵装に体を乗っ取られていて、元凶《げんきょう》はマルクール教授だった。

わたしはイサム様と協力してベルモット准教授を助けた。

マルクール教授を止めるため、イサム様が演習場に向かった。

わたしたち2－Sの生徒は、ベルモット准教授の誘導で避難した。

それから……それから？

そこから先の記憶がない。
わたしは眉をひそめ、手がかりを得るために研究室を探ろうとした。
できなかった。
動けなかった。
わたしの両手足に枷《かせ》がはめられ、壁に繋がれていたからだ。
え？　なにがどうなっているんですか？
わたしの頭を混乱が支配する。
そのとき、向こう側にある、研究室の扉が開いた。
「おや？　目が覚めてしまいましたか」
入ってきたのはベルモット准教授だ。
わたしは口を開く。
「ベルモット准教授？　一体――」
どうしてわたしたちはここにいるんですか？
いつの間にわたしたちはここに来たんですか？
どうしてわたしは枷を嵌められているんですか？
マルクール教授は止められたんですか？
それらの答えを求めようとして――わたしは言葉をのむ。
気づいたのだ。

ベルモット准教授が、酷く邪《よこしま》な表情をしていることに。蟻《あり》を潰す悪童《あくどう》のような、残虐《ざんぎゃく》な表情をしていることに。

ベルモット准教授は言った。『目が覚めてしまいましたか』と。その口ぶりが意味するのは、『わたしが目覚めたのが不都合《ふつごう》だ』ということ。

まさか……。

わたしは掠《かす》れた声で訊《き》く。

「わたしをここに連れてきたのは、わたしに枷を嵌《は》めたのは、あなたなんですか？」

「ええ。そうですよ」

ベルモット准教授が唇を歪《ゆが》めながら答えた。

『なぜ？』

その単語が頭を埋め尽くす。

多すぎる疑問がグルグルと頭を巡《めぐ》る。

「なにが起きているのかわからない──そんな表情ですね」

狼狽《ろうばい》するわたしを面白がるように、ベルモット准教授がクックッと喉を鳴らす。

「ひとつひとつ教えて差し上げますよ。きみへの手向《たむ》けとして」

不穏《ふおん》な前置きをしてから、ベルモット准教授が明かした。

「エリュ教授は私の手駒《てごま》です」

「……え？」

「操っていたのですよ。洗脳の魔導具を用いて」

衝撃的な事実にわたしは絶句する。

「顕魔兵装をかたちにするには、どうしてもエリュ教授の頭脳が必要でしてね。大変でしたよ。あのじゃじゃ馬の面倒を見るのも、最新の設備を揃えるのも」

ベルモット准教授が嘆息《たんそく》した。

マルクール教授がベルモット准教授の研究室に入《い》り浸《びた》っているのは、最新の設備が揃っているからだ。わたしはそう考えていた。

違う。

順番が逆だった。

ベルモット准教授は、マルクール教授を手元に呼び込むために、手元に呼び込んで洗脳するために、最新の設備を揃えたのだ。

「それから、きみを捕らえたのは、私の目的そのものだからです。まったくもって苦労しましたよ。おとなしく誘拐されてくれれば楽だったのですが」

「まさか……わたしを誘拐しようとしていたのは……」

「ええ。私です」

わたしは愕然《がくぜん》とした。

ベルモット准教授の視線がわたしを舐《ねぶ》る。

「これでようやく悲願《ひがん》を果たせそうです」

獲物をのみ込もうとする蛇のような目だった。

背筋に走る怖気《おぞけ》を堪《こら》え、わたしはベルモット准教授を睨《にら》み付ける。

「マルクール教授を操ったり、顕魔兵装を作成させたり、生徒たちを襲ったり、わたしを誘拐したり……なぜそんなことをするんですか!?」

突き刺すようなわたしの視線を平然と受け止め、ベルモット准教授はニタリと笑った。

「私が『魔の血統《デモン・ブラッド》』——人間でありながら魔族の血を継ぐ者だからですよ」


ベルモット家の前庭に、多数の男女が集まっていた。

総勢五〇名。

彼ら、彼女らは、いずれも魔導兵装を装備しており、辺りに注意を払っている。

どうやら、彼ら、彼女らは、ヴァリスの部下のようだ。

ヴァリスの部下たちが警戒するなか、キィ、と音を立て、ベルモット家の門が開かれた。

部下たちの視線が、一斉《いっせい》に門に向けられる。

開けられた門から、ひとりの男が入ってきた。

一八〇ほどの背丈。

体は細いが筋肉質。

黒いざんばら髪に、黒い切れ長の目。

身にまとうのは黒い執事服。

腰に佩《は》くは一振りの刀。

イサムだ。

「誰ダ、お前？　門番はどうしタ？」

この場のリーダー格と思しき男が、怪訝そうな顔をしながら訊く。

イサムは一言《ひとこと》。

「斬った」

ヴァリスの部下たちの目が変わった。

部下たちがそれぞれの魔導兵装を構え、警戒を強める。

多数の魔導兵装が向けられるなか、それでもイサムは平然と歩を進めた。

コツ、コツ、と靴音を立てるイサム。

イサムが八歩ほど進んだところで、リーダー格が眉をひそめる。

「なんダ？　侵入者はこいつだけなのカ？」

ほかに誰も現れないことで、侵入者はイサムだけと判断したらしい。

リーダー格の男の顔に余裕が戻ってきた。

「たったひとりで挑むなんて正気カ？　こっちは五〇人もいるんだゼ？　敵うわけねぇだロ」

イサムは答えない。

靴音を立て、ただ歩いてくる。

面白くなさそうに、リーダー格の男が舌打ちした。

「無愛想《ぶあいそう》な野郎ダ。とっとと終わらせるカ」

リーダー格の男が、手のひらサイズの器具を懐《ふところ》から取り出す。キューブ状の器具には魔族核がはめ込まれていた。

リーダー格の男がキューブ状の器具を放る。

「来イ、『バアル・アームズ』！」

キューブ状の器具が――顕魔兵装が展開された。

展開された顕魔兵装から雷光が迸《ほとばし》る。

雷光はバチバチと音を立て、『大』の字を描いた。

雷光が膨れ上がる。伸張《しんちょう》し、膨張《ぼうちょう》し、ひたすら巨大になっていく。

形成されたのは雷《いかずち》の巨人だった。

優《ゆう》に六メトロを超える巨体。両腕の太さを形容《けいよう》するには、『丸太のような』では足りない。

さながら、数千年の時を生きた大樹のようだ。

「象と蟻だナ」

リーダ格の男が勝ち誇る。

「戦力差は歴然《れきぜん》ってやつダ。お前には万に一つの勝ち目もネェ。バアル・アームズに潰されて、ここで死ヌ」

イサムは応じない。

靴音を立て、ただ歩いてくる。

呆れたように、リーダー格の男が息をついた。

「怖いもの知らずなのカ、ただのバカなのカ。まあ、どっちでもイイ。どっちだろうと一瞬で終わりダ」

リーダー格の男が口端《くちは》をつり上げる。

「やレ！　バアル・アームズ！」

バアル・アームズが左腕を振りかぶった。

振りかぶられた拳が放電し、雷鳴が大気を揺さぶる。

なおも歩を進めるイサムに、バアル・アームズが拳を振り下ろした。

さながら神の鉄槌《てっつい》。

バアル・アームズの拳が、イサムを叩き潰さんと迫る。


「秘剣の四――『無尽《むじん》』」


刹那《せつな》、無数の閃光。

細切《こまぎ》れにされるバアル・アームズの巨体。

「…………ハ？」

リーダー格の男が間抜《まぬ》けな声を漏らし、ほかの者が呆然とした顔をする。
幾多《いくた》ものブロックに切り分けられたバアル・アームズが、散るように消滅した。
バアル・アームズの中核となっていたキューブが地面に転がる。
イサムの脚が、キューブにはめ込まれた魔族核をバキリと踏み砕いた。
いつの間に抜き放たれたのか、イサムの手には刀が握られていた。
ギラリと鈍《にぶ》く光る刀が。
死をもたらす鉄《くろがね》の刀が。
「命が惜《お》しくば下がっていろ」
イサムの眼光がヴァリスの部下たちを射貫《いぬ》く。
その姿、修羅《しゅら》の如《ごと》し。
イサムが吠えた。
「死にたい者だけかかってこい!!」
ヴァリスの部下たちが、「「「ひっ!!」」」と引きつった悲鳴を上げた。

警察が到着したのは、それから一時間後。
まず彼らが目撃したのは、負傷した二名の門番だった。
続いてベルモット家の敷地内に踏み入ると、そこには五〇名の男女がいた。

彼ら、彼女らは、いずれも憔悴《しょうすい》しきった様子で、赤子のようにうずくまり、ガタガタと震えていた。

取り調べを行ったところ、彼ら、彼女らは、顔面蒼白《がんめんそうはく》でこう供述したという。

「鬼が出タ……!!」

ベルモット准教授が魔族の血を継いでいると知り、わたしは呆然とする。

「昔話をしましょう。ある愚かな男の話を」

そんなわたしに、ベルモット准教授が語り出した。

「あるところにひとりの少年がいました。彼は家族から、人間を憎むよう、復讐するように言い聞かされて育ちました。彼の家族は魔族の血を継いでいたのです」

しかし、

「少年は家族の教えを受け入れられませんでした。彼には人間の友人がいたからです」

一呼吸置き、ベルモット准教授が再び口を開く。

「彼と友人は共に切磋琢磨《せっさたくま》していました。互いに立派《りっぱ》になって、人々に貢献《こうけん》しようと約束していたからです。少年は思いました。彼にならば、自分が魔族の血を継いでいることを明かしても大丈夫だろうと。受け入れてくれるだろうと。だからある日、少年は思いきって、自分の秘密を友人に打ち明けました」

それまで穏やかだった声が、底冷えするほど低いものになった。

「大間違いでした。少年の秘密を知った友人は、魔導兵装を抜き放ち、襲いかかってきたのです」

ベルモット准教授の憎悪《ぞうお》の形相に、わたしは息をのむ。

「少年は自分の過《あやま》ちを悟りました。友人に受け入れてもらえるなんて幻想に過ぎなかったのだと。人々に貢献しようなんて綺麗事《きれいごと》に過ぎなかったのだと。少年の家族は正しかったのです。少年は人間に復讐しなくてはならなかったのです」

だから、

「少年は友人を殺《あや》めました。友人を殺めながら、少年は自分の心が満たされていくことに気づきました。ようやく少年は理解したのです。これが魔族の本懐《ほんかい》なのだと。人間への復讐こそが自分の使命なのだと」

ベルモット准教授の昔話を——彼の思い出話を聞いて、わたしは察した。

ベルモット准教授は人間を憎んでいるのだと。

マルクール教授を操ったのも、顕魔兵装を作成させたのも、生徒たちを襲ったのも、すべて、人間への復讐のためなのだと。

「あなたたち人間は言います。『世界は平和だ』と。反吐《へど》が出ますよ！　魔族がどれだけむごい仕打ちを受けてきたかご存《ぞん》じですか⁉　人間がどれだけ残虐《ざんぎゃく》なのかご存じですか⁉」

ベルモット准教授の双眸《そうぼう》は、怒りと憎しみに染まっていた。さながら黒い炎が灯っているようだった。

「人間は滅亡すべきです！　羽虫《はむし》は駆逐《くちく》すべきです！　そのためにはきみが必要なのですよ、セシリアさん！」

「わたし、が？」

わたしの口はカラカラに渇いていた。

ニタリと狂気の笑みを浮かべながら、ベルモット准教授が告げる。

「きみがいれば、魔王様を復活させられるのですから！」


わたしは絶句した。

理解が追いつかない。疑問が多すぎる。

混乱のなか、わたしはようやく言葉を絞り出した。

「魔王は、討伐されたんじゃ……」

「ええ。討伐されましたよ。憎き勇者パーティーによってね」

ベルモット准教授が吐き捨てるように言って、「ですが」と続ける。

「勇者パーティーといえど、魔王様の魂までは消滅させられませんでした。そこで次善策《じぜんさく》をとったのです。『聖女』マリー＝イブリールが、力の限りを尽くして封印したのですよ」

知らされた事実に、わたしは愕然とする。

魔王の魂が消滅していない？　この世界の脅威《きょうい》は、完全には退《しりぞ》けられていないんですか？

真の平和は訪れていないんですか？

「忌々《いまいま》しいことです！　しかし、その屈辱《くつじょく》は晴らされる！　魔王様の魂は解放されるのです！」

口を裂くように笑い、ベルモット准教授がわたしの瞳をのぞき込んだ。

「『聖女』の血を濃く継いだ、きみを生け贄に捧げることでね！」

わたしは言葉を失う。

わたしはご先祖様と――『聖女』マリー様と同じ能力、『聖母の加護《ヒール・ブレッシング》』を有している。また、わたしの容姿はマリー様と瓜二《うりふた》つだ。人々のなかには、わたしを「『聖女』の生まれ変わり」と呼ぶ方《かた》もいる。

魔王の魂はマリー様の力で封印されている。たしかに、マリー様の血を濃く継いだわたしを利用すれば、封印を解けるかもしれない。

「きみには命と体を捧げてもらいます！　きみの命をもって『聖女』の封印を解き、きみの体に魔王様の魂を受肉《じゅにく》させる！　喜ばしいことでしょう、セシリアさん？　きみは魔王になれるのですから！」

ベルモット准教授が笑う。壊れたように、狂ったように笑う。

ベルモット准教授が哄笑《こうしょう》するなか、わたしは呟《つぶや》いた。

「──させない」

「あ？」

ベルモット准教授の笑いが止まった。

わたしは右腕を思いきり引く。

枷が手首に食い込み、痛みが走る。

構わない。

わたしは左腕を思い切り引く。

ブツリ、と肌が裂け、血が滴《したた》る。

構わない。

なおもわたしは足掻《あが》く。

そのたびに、両手両脚が傷ついていく。

それでも構わない。

「枷を引きちぎろうとしているのですか？」

ベルモット准教授が嘆息した。心底からわたしをバカにするような目をしていた。

「無駄なことを。その枷は、エリュ教授に作らせた、魔力と魂力を封じる特製品です。引きちぎることなどできるはずがありません。どう足掻いても、きみには逃れる術《すべ》がないのですよ」

わかっている。

魂力は練られないし、魔力も生成できない。

武技は使えないし、『聖母の加護』も発動しない。

わかっている。

このまま足掻いても、傷つくだけだということくらい、わかりきっている。

それでもやめない。

歯を食いしばり、痛みに耐え、足掻く、足掻く、足掻く。

「醜《みにく》いですね。そんなにも命が惜しいのですか？」

ベルモット准教授がわたしを嘲笑《ちょうしょう》した。

わたしは答える。

「どれだけ醜かろうと構いません。最後まで足掻きます。魔王の復活なんてさせません」

ベルモット准教授が顔をしかめた。

「これだから人間は……自分たちの平和に執着し、魔族の排斥《はいせき》に躍起《やっき》になる。傲慢《ごうまん》で残虐なクズですね」

「たしかに、人間は傲慢かもしれません。残虐かもしれません。ベルモット准教授の友人を、わたしは擁護《ようご》できません」

ですが、

「世界中の人間がそうではない」

「あぁ？」

ベルモット准教授の顔が苛立《いらだ》たしげに歪む。

「あなたが復讐したい気持ちは理解できます。ですが、なんの関係もない人間を巻きこんでいいはずがありません！　あなたがしているのは八つ当たりです！」

ベルモット准教授が歯を軋《きし》らせる。こめかみには青筋が浮かんでいた。

「魔王は復活させません！　いくらでも足掻きます！　この世界の平和を脅《おびや》かすなんて、絶対に許さない！」

だって！

「この世界の平和は！　ご先祖様が！　ご先祖様の仲間が！　――イサム様が!!　命懸けで築いたものなんですから!!」

「黙って聞いていれば……!!」

ベルモット准教授が激昂《げきこう》し、わたしの首をつかんできた。わたしの喉から呻《うめ》き声が絞り出される。

「べらべらべらべらべらべらと戯《ざ》れ言《ごと》を!!　自分の立場がわかっていないようですね!!」

ギリギリと首を絞められて、息苦しさと目眩《めまい》に襲われる。

「手荒《てあら》い真似はしたくありませんでしたが、おとなしくしてもらうには仕方がない！　生意気な小娘には躾《しつけ》が必要ですからねぇ!!」

ベルモット准教授が拳を握り、振り上げる。

苦痛と恐怖のなか、それでもわたしは目を逸《そ》らさず、ベルモット准教授を睨《にら》み付けた。

絶対に屈しない！　ボロボロになっても抗《あらが》ってみせます!!


剣の嘶《いなな》きが聞こえた。

硬く鋭い、斬音《ざんおん》。


剣の嘶きは、出入り口の扉から聞こえた。

ベルモット准教授が振り返る。

出入り口の扉には、斜めに斬痕《ざんこん》が走っていた。

扉の上半分がゆっくりと床に落ちた。下半分をまたぎ、ひとりの青年が研究室に入ってくる。

ベルモット准教授に首をつかまれたまま、わたしは掠《かす》れた声で青年の名を呼んだ。

「イサム……様……」


「私の狙いに気づきましたか」

エリュの片眼鏡に繋がっていた魔力線。それをたどって研究室まで来た俺に、「ほう」とヴァリスが感心した。

「もう少しエリュ教授で時間稼《す》ぎ《て》できると思《ご》いま《ま》したが……あなたを過小評価していたようで

すね」

ヴァリスが肩をすくめる。追い詰められたわりに、余裕があるようだった。

「ここまで来たということは、私の部下たちやバアル・アームズも倒したのでしょう。いやはや驚きました」

芝居《しばい》がかった様子で、ヴァリスが溜息《ためいき》をつく。

「流石《さすが》は『剣聖』です。褒めてあげましょう。ですが——」

「囀《さえず》るな」

俺は冷たく言い放つ。

饒舌《じょうぜつ》だったヴァリスの口が止まった。

「その汚い手をセシリアから放せ」

思わずといった風《ふう》に、ヴァリスがセシリアの首から手を放した。

セシリアが咳《せ》き込む。

ヴァリスはハッとして、歯ぎしりした。俺の圧《あつ》に屈し、手を放してしまったことが悔しいらしい。

「お前と無駄話をするつもりはない。お前は俺の大切なひとに手を出したのだ」

俺は刀の切っ先をヴァリスに向ける。

「許さん」

青い炎の如《ごと》き怒気《どき》。

ヴァリスが顔を強張《こわば》らせ、強がるように口端《くちは》を上げた。

「言ってくれるではないですか」

ヴァリスの手が、壁に立てかけてあった魔銃に伸びる。長く太い銃口を持つ、魔銃に。

魔銃の取っ手を握り――ヴァリスが銃口を俺に向けた。

「やれるものならやってみなさい！」

ヴァリスが引き金を絞る。

発砲。

石弾が射出された。一発ではなく、無数の。

無数の石弾は弾幕となり、点ではなく面として俺を襲う。

審眼《しんがん》ですべての石弾の軌道を見切り、俺は刀を閃《ひらめ》かせた。命中するであろう石弾だけを叩き斬る。

石弾が研究室の壁に穴を開けた。

俺は無傷だ。

「驚きましたか？　この魔銃は、エリュ教授の最新作『ロック・バースト』。一度に複数の土魔法を――」

「無駄話をするつもりはないと言っただろう」

ヴァリスの話を無視して、俺は体を前傾《ぜんけい》させる。疾走《しっそう》の体勢だ。

一気に終わらせる！

両脚に魂力を集め、疾風《はやて》を発動。

ヴァリスに肉迫《にくはく》するべく床を蹴る——寸前。

「まったく。せっかちなひとだ」

ヴァリスが手のひらを俺に向けた。

「あなたは終わりなのですから、最期《さいご》くらいおしゃべりしましょうよ」

俺の体が真後ろに引っぱられる。床を蹴ろうとしていた脚が、空《くう》を切る。

俺の体は意《い》に反し、背後の壁に引き寄せられた。

いや、違う。これは引き寄せられているのではない。

落ちているのだ。

重力の向きが変わっているのだ。

俺は即座に体勢を整え、背後の壁に着地する。

俺の推測《すいそく》を肯定《こうてい》するように、棚、テーブル、機材、床に散乱していた設計図、作りかけの魔導兵装が落下してきた。

縦横無尽《じゅうおうむじん》と刀を振るい、俺はそれらを細切れにする。反応が遅れれば潰されていたことだろう。

一息つき、頭上を見やる。

研究室奥の壁では、ヴァリスとセシリアがそのままの体勢で立っていた。重力の向きが変わった影響を、あのふたりは受けていないようだ。

「気をつけてください、イサム様！　ベルモット准教授は魔族の血を継いでいます！」

「魔族の血だと？」

セシリアの忠告に、俺は眉をピクリと動かす。

ヴァリスが誇らしげに告げた。

「その通り！　私は魔族の血を継ぐ『魔の血統』――『ベモス』様の末裔です！」

「ベモス……『大地の魔将』か」

ベモスは、魔王直属の大魔族『十二魔将』の一角《いっかく》。最初に勇者パーティー《おれたち》の前に立ちはだかった魔将だ。

鉱物に魔力を注ぎ、自由自在に操る特殊能力『大地掌握《ガイア・コンダクター》』を保有しており、地形を意のままに変え、俺たちを苦しめた。

その血を継いでいるということは、ヴァリスもベモスと同じ能力を扱えるということか？

だが、しかし――

「重力の向きを変えるなど、ベモスにはできなかったはずだが？」

『大地掌握』は、あくまで鉱物を操る能力。重力の向きを変えるなどという、大《だい》それたことはできない。

ヴァリスが答える。

「簡単な話です。私の力はベモス様を超えているのですよ」

ニヤリ、とヴァリスが酷薄《こくはく》な笑みを浮かべた。

「わかりますか？　勇者《あなたたち》パーティーを苦しめたベモス様。それ以上の存在に、あなたはひとりで挑まなくてはならないのです！」

ヴァリスが再びロック・バーストを構える。

放たれた石弾が飛来《ひらい》した。

石弾を防ぐため、俺は刀を振るう。

「無駄です！」

俺に斬り払われる直前で、石弾がその軌道を変えた。『大地掌握』で、ヴァリスが石弾を操ったのだ。

迎撃《げいげき》を逃れた石弾が、目前に迫る。

「舐めるな」

俺は慌てない。

審眼の効果をさらに高める。

時間が引き延ばされる感覚。視界に映るすべての動きが緩《ゆる》やかになった。

俺は頭を傾《かたむ》け、迫っていた石弾を避ける。

続いて来た石弾を薙《な》ぎ払い、返す刀で三発目の石弾を斬った。

四発目の石弾は『大地掌握』により軌道を曲げられていたが、今度は逃さない。寸分違《すんぶんたが》わず真っ二つにする。

刀を振るい続け、五発目、六発目、七発目、八発目……計二六発の石弾を、俺はひとつ残らず凌《しの》ぎきった。

見上げると、ヴァリスが瞠目《どうもく》している。

「この程度で仕留められるとでも？」

「言ってくれる……‼」

ヴァリスが顔を真っ赤にして、続け様《ざま》に発砲してきた。先ほどよりも、石弾の軌道は複雑だ。

だが問題ない。

頭上どころか側面からも迫りくる石弾を、俺は難《なん》なく斬り払った。

石弾は凌ぎきれる。防御面に不安は皆無《かいむ》だ。

ならば、攻めに転じる！

俺は両脚をたわめ、力を溜め——爆発させた。

疾風を用いての大跳躍。三〇メトロはあったヴァリスとの距離が、見る見るうちに縮まっていく。

刀を脇に構え、俺は横薙ぎの動作に入った。

振るう。

刃がヴァリスを刈《か》り取らんとする。

それでもヴァリスは笑った。

「勝負を急ぎ過ぎましたね！」

刃がヴァリスを斬り裂く寸前、俺の体がずしりと重くなった。まるで海の底に沈んだかのような錯覚。

刀を振り切るも、ギリギリでヴァリスには届かなかった。俺の斬撃は、ヴァリスの前髪を数本散らすだけに終わる。

己の身に起きた異変を俺は察した。

これは重力の増加だ。俺を下方に引き寄せる力が、倍以上に増幅されたのだ。

落下がはじまる。重力が増加しているため、その速度は相当だった。着地しただけでダメージを受けそうだ。

それだけでは終わらなかった。ヴァリスは容赦《ようしゃ》しなかった。

俺が宙に浮いているあいだに石弾を放ってきたのだ。

空中にいるため俺は自由に動けない。増加した重力が枷となっているため、動き自体も緩慢《かんまん》だ。

石弾が俺を仕留めようと、四方八方から襲いかかってきた。

「終わりです！」

ヴァリスが勝ち誇る。

俺は言った。

「甘い」

丹田《たんでん》で魂力を練り、全身にまとわせる。

重かった体が軽くなった。否《いな》、身体能力が上昇した分、軽くなったように感じたのだ。

『剛《ごう》』――膂力《りょりょく》を上げる武技により、俺は重力の増加に抗ったのだ。

剛により引き上げられた膂力は、重力の増加を無視した。それだけに留まらず、さらなる速度を俺にもたらす。

石弾が俺を握りつぶすように迫りきた。

俺は刀を振るう。

斬、斬、斬斬斬斬斬斬斬斬斬斬斬斬斬斬斬斬斬斬斬斬斬斬斬斬斬斬斬斬斬斬斬斬!!

瞬《まばた》きのあいだに一〇〇を越える剣戟《けんげき》を繰り出し、石弾を塵《ちり》へと変えた。

増加した重力をものともせず、タン、と軽やかに着地した俺を見て、ヴァリスが頬を引きつらせる。

「バケモノめ……!!」

おののくヴァリスは、それでも虚勢《きょせい》を張った。

「で、ですが、あなたに私は倒せない！　近づくことすら敵わない！　力尽きるまで攻め立ててあげましょう！」

「そうだな。俺にお前を仕留める手立てはない」

俺は刀を鞘《さや》に収める。

諦めたからではない。

勝つためにだ。

「いまのままでは、な」

右脚を前に、左脚を後ろに。

鞘を左手で握り、右手を柄《つか》にかける。

一呼吸。


「秘剣の二――『一文字《いちもんじ》』」


抜刀《ばっとう》。

刹那の閃き。

神速の剣が走った。

ヴァリスが息をのみ、警戒を強める。

静まり返る研究室。

それから四秒。

ヴァリスが怪訝そうに眉をひそめた。

「……なにも起きない？」

俺は答えず、残心《ざんしん》の姿勢を取り続ける。

強張《こわば》っていたヴァリスの顔に、余裕が戻ってきた。

「……は、ははっ、はははははははっ!!　なんだ、はったりですか！　心配して損しましたよ！」

ヴァリスの笑い声が響くなか、俺は姿勢を戻し、血振《ちぶ》りの動作をする。

「結局、為《な》す術《すべ》はないようですねぇ!!　はったりに頼らなければいけないなんて――」

「なにを言っている？」

ヴァリスの笑い声が止まった。

「はったりなどではない。俺は斬ったぞ」

「は？」

直後、地響き。

同時に、俺は着地した。

研究室の床に。

「は？」

ヴァリスが再び戸惑いの声を漏らす。

当然だろう。重力の変化から、俺が解放されたのだから。

呆然とするヴァリスに、俺は指摘する。

「お前はベモスを超えていると言ったが、それこそがはったりだろう？」

「そ、そのようなこと……」

「重力の向きや強さを操りながらも、お前は終始《しゅうし》、魔導兵装《ロック・バースト》に頼っていた。『大地掌握』を、石弾の軌道を曲げることにしか用いていなかった」

もしベモスなら、この研究室の壁や天井を操り、俺を押しつぶそうとしただろう。

ヴァリスの戦法は小細工《こざいく》が過ぎるのだ。審眼で確かめたところ、魔力量も少なすぎる。ベモスの一〇分の一にも満たない。

ヴァリスはベモスを超えてなどいない。それどころか足元にも及ばない。ベモスより遙《はる》かに格下だ。

では、ベモスにもできなかった重力操作を、どうしてヴァリスはできるのか？

「この研究室にはエリュが入り浸っていた。お前はエリュを洗脳していた。だから、お前はエリュを利用して、研究室を改造したのだ」

ヴァリスの肩が跳ねる。

その反応が示していた。重力操作のタネはこの研究室にある、と。

ホークヴァン魔導学校の演習場のように、この研究室は魔導具になっているのだ。

重力操作は、この研究室に組み込まれた術式なのだ。

それさえわかれば対処は容易《たやす》い。研究室を機能不全に陥《おちい》らせるだけでいい。

だから、斬った。

地響きが音量を増し、研究室が揺れはじめる。

ヴァリスが唇をわななかせた。

「ま、まさか……あなたが斬ったのは……」

「そうだ」

研究室の天井に裂け目が走った。

俺は答える。

「この屋敷そのものだ」

裂け目が広がり、入り口付近の天井が崩れ落ちた。

慌てることなく歩《ほ》を進め、俺は落ちてくる瓦礫《がれき》を回避する。

やがて、研究室の入り口付近は瓦礫で埋め尽くされた。

地上に戻れば、さぞかし面白い光景を見られることだろう。綺麗に半分だけ崩れた、ヴァリスの屋敷を。

「さて。これでお前を仕留める手立てができた」

俺は刀を八相《はっそう》に構える。

ヴァリスがビクリと震えた。

「終わらせよう」

地を蹴った。

半壊した研究室を、ヴァリス目がけて駆け抜ける。

ヴァリスが頬を引きつらせ——口を裂くように笑った。

「かかりましたね!!」

天井が落ちてきたのは、そのときだ。

天井が大槌《おおづち》となり、俺を押しつぶさんとする。

冷や汗を掻《か》きながらも、ヴァリスが哄笑した。

「たしかに私はベモス様には敵いません！　ですが！　魔力を限界まで絞り出せば、この研究室の天井くらいなら操れるのですよ！」

「イサム様!!」

セシリアが悲鳴を上げる。

ヴァリスが悦《えつ》に入《い》る。

「残念でしたねぇ！　隠し球は最後までとっておくものなんですよ!!」

研究室の天井が床に落ち、バキバキと破砕の音を立てた。


「まったくもって同感だ」

「…………は？」


俺はヴァリスの首に刀をあてがう。

ヴァリスがすべての動きを止めた。

研究室の天井に押しつぶされることなく、俺はヴァリスのもとにたどり着いたのだ。

ヴァリスの視線が、俺の手元と自分の首元を行き来する。

絶体絶命の状況に陥っていると理解したのか、ヴァリスの体が震えだした。

「ど、どうして……？」

「隠し球は最後までとっておくものなのだろう？」

カチカチと歯を鳴らすヴァリスに、俺は教える。

「縮地《しゅくち》。刹那のうちに距離を殺す武技だ」

そう。ケニーとルカとの模擬戦同様、天井に押しつぶされる直前、俺は縮地を用いて、一瞬でヴァリスに肉迫したのだ。

首にあてがわれた刃《やいば》の感触に、ヴァリスの顔面が蒼白になる。

俺はヴァリスを睨み付けた。

「セシリアに醜い光景を見せたくはない。命までは取らん」

「あ……ぁ……っ」

「だが、次にセシリアに手を出せば容赦はせぬ」

凄《すご》む。

「叩っ斬る」

「ひ……ぃ……」

ヴァリスが白目を剥く。

口から泡を吹き、ヴァリスが仰向けに倒れた。

決着。

エピローグ

イサム様が刀を一振りする。

それだけで、わたし――セシリア＝デュラムを捕らえていた枷《かせ》が、呆気《あっけ》なく断ち斬られた。

自由を取り戻したわたしは、情けなさで一杯《いっぱい》だった。イサム様に迷惑をかけてしまったからだ。

わたしが捕まったせいで、イサム様はベルモット准教授と戦う羽目《はめ》になった。戦いはイサム様の圧勝だったけど、ベルモット准教授の実力も圧巻《あっかん》だった。一歩間違えば、イサム様は負傷していたかもしれない。

申し訳なかった。守られるしかない自分が恥ずかしかった。

だから、わたしはイサム様に頭を下げる。

「申し訳ありません、イサム様。わたしのせいでイサム様に――」

その先の言葉が発されることはなかった。

イサム様がわたしを抱きしめたからだ。

「イサム、様？」

「いきなりすまぬ、セシリア。しばらくこうさせてほしい」

イサム様の腕に力がこもり、わたしは一層《いっそう》強く抱擁《ほうよう》される。

「きみの身になにかあったらと気が気でなかったのだ。よく無事でいてくれた。ありがとう、セシリア」

わたしは異変を感じた。

制御できないほど心臓がうるさい。

茹《ゆ》だったように全身が熱い。

それなのに、まどろみのなかにいるように心地《ここち》いい。

一体、わたしはどうしてしまったのだろう？

戸惑うわたしをイサム様がのぞき込んだ。

黒い瞳は星空のように美しかった。

「きみが謝る必要などない。俺は誓ったのだから」

「誓った？」

「ああ。この時代に飛ばされたあの日。きみに救われたあの日。俺はロランとマリーに誓いを立てたのだ」

「なにを誓ったのですか？」

イサム様の瞳に吸い込まれそうになりながら、わたしは訊《き》く。

なおもわたしを見つめながら、イサム様が口を開いた。

「お前たちの子孫は――セシリアは俺が守る。俺の一生を賭《と》して守り抜いてみせると」

イサム様の告白を聞いて、まず訪れたのは『驚き』。続いて溢れ出したのは、途方もない

『喜び』だった。

イサム様がわたしを想ってくれていた。その事実に歓喜《かんき》が止まらない。

泣きたくなるほど嬉しくて、蕩《とろ》けてしまいそうなほど幸せで、胸の疼《うず》きだけが切ない。

このまま時が止まればいいと思ってしまう。

永遠にこの時が続けばいいと思ってしまう。

いつまでもイサム様に抱きしめていてほしいと願ってしまう。

あまりの幸せに、わたしは言葉を失う。

わたしの頭を優しく撫でて、イサム様が微笑んだ。

「今度はきみに誓おう。俺はセシリアを守る。いつまでもきみの側《そば》にいて、いつまでもきみを守り続ける」

イサム様の誓言《せいごん》が胸に染み入る。

生まれてはじめて、死んでもいいと思った。

わたしはなんて幸せなんだろう？　こんなにも幸せでいいのだろうか？　こんなにも幸せなことが人生で起こりえるのだろうか？

いままで感じたことのない多幸感《たこうかん》。その多幸感の正体を考えて――わたしはやっと気づいた。

ああ。

そうか。

そうだったんですね。

イサム様の側《そば》にいるとドキドキが止まらないのも。

イサム様がほかの女性といるとモヤモヤするのも。

誰よりもイサム様の側《そば》にいたいと願ってやまないのも。


わたしが、イサム様に恋をしているからなんですね。


ヴァリスとの戦いから一晩が経った。

「ごめんなさい！」

ラミアにある病院の一室にて、意識を取り戻したエリュが頭を下げる。

エリュにはヴァリスに操られていたときの記憶がなく、一連の事件の詳細は、あとから聞いたそうだ。

「ボクの発明がみんなに迷惑をかけるなんて……」

「謝らないでください。マルクール教授は操られていたんですから」

「セシリアの言うとおり。悪いのはヴァリスだ。きみは悪くない」

「でも……っ」

エリュがシーツを握りしめる。

生徒たちを危機に陥《おとしい》れた自分が許せないのだろう。金の瞳は涙で潤《うる》んでいた。

こんなにも悲しそうな顔をエリュにさせるとは……やはり、ヴァリスは叩っ斬るべきだったかもしれん。

ヴァリスへの憤《いきどお》りに、俺は歯噛《はが》みする。

暴れそうになる激情《げきじょう》を理性で鎮《しず》め、俺は同席しているスキールに問うた。

「ヴァリスたちへの取り調べはどうだ？」

「進んでおります。どうやら『魔の血統《デモン・ブラッド》』は各地に点在《てんざい》するらしく、それぞれが協力関係を結んでいるようです」

「『魔の血統』……魔王復活を企《たくら》む者がまだいるのか……」

それはつまり、今後もセシリアが狙われる可能性があるということだ。

させせぬ。

絶対にさせせぬ。

セシリアは俺が守り抜く。誓いを違《たが》えることはない。

「それから、厄介《やっかい》な問題がもうひとつ」

確固たる決意をした俺に、スキールが知らせる。

「顕魔兵装は、事件で使用された三つ以外にもあるらしく、それらはすでに、ラミアの外に運び出されたそうです」

「そんな……」

スキールの知らせを聞き、エリュが項垂《うなだ》れた。好奇心に煌《きら》めいていた顔が、いまは酷《ひど》く弱々しい。

顕魔兵装の脅威《きょうい》は今回の事件で思い知らされている。あれほどの被害をもたらす兵器がまだあること、いまにも人々を傷つけるかもしれないこと、その顕魔兵装を作成したのが自分であることに、エリュは耐えられないのだろう。

「案《あん》ずるな」

だから俺は言う。

顕魔兵装を放っておくことは、『魔の血統』を勢いづかせることに繋がる。

『魔の血統』を野放《のばな》しにすれば、セシリアの身に危険が降りかかるやもしれん。

そのようなことは許さん。

なにより、俺は勇者パーティーの一員だったのだ。世界の危機を見過ごすなどできるはずがない。

「顕魔兵装は俺が破壊する。『魔の血統』も俺が制《せい》する」

誓う。

「ロランたちに代わり、俺がこの世界を守ってみせる」

《了》

あとがき

はじめましての方もおひさしぶりの方もこんにちは。虹元喜多朗です。

このたびは『未来に飛ばされた剣聖、仲間の子孫を守るため無双する』を手に取っていただき、ありがとうございます。

この作品は、未来に飛ばされた主人公イサムが、かつての仲間である『勇者』と『聖女』の子孫セシリアに救われ、彼女を守っていくという話になっています。

実を言うと、ネタを思いついた当初は、主人公が仲間の子孫と絡む展開はなく、単純に、未来の世界を過去の戦術で無双するという内容でした。

ですが、ネタを温めていたある日、ふとひらめいたのです。

「主人公が仲間の子孫と出会ったら面白くない？」

こうして、仲間の子孫と出会い、守っていくという要素を追加した結果、第2回一二三書房WEB小説大賞で銀賞をいただくことができました。

ひらめきとは素晴らしいものですが、得難く、また、逃しやすいものでもあります。作中でエリュが言っているように、気まぐれで、すぐに記憶の彼方に消えてしまうものなのです。

なので、僕はいつひらめきが降りてきてもいいように、常にスマホやメモ帳を持ち歩くようにしています。ひとつのひらめきが人生を変えることもありますからね。

『チャンスの神様には前髪しかない』と言いますが、ひらめきも似ています。あとで声をかけようと振り返っても、もう手は届かないのです。

ひらめきに対しては、いつまでもプレイボーイでいたいものですね（笑）。


謝辞に移らせていただきます。

担当編集者のKさま。若輩者ながらいくつかの提案をしましたが、快く取り入れてくださりありがとうございます。おかげで最高の一冊に仕上がったと思っています。これからも何卒よろしくお願いいたします。

イラストレーターのコダケさま。あなたのイラストのおかげでイサムたちに命が吹き込まれました。細かい箇所まで作り込まれた素晴らしいキャラデザインをありがとうございます。

ご協力いただいた関係者の皆さま。おかげさまで新シリーズを世に出すことができました。お力添え、本当に感謝します。

このあとがきをご覧くださっているあなた。この作品を手に取っていただき、それだけでありがとうございます。もしもこの作品を楽しんでいただけたのなら、それ以上の喜びはありません。

それでは、次の巻でお会いできることを祈りながら。

二〇二三年三月　虹元喜多朗